Sammlung Luchterhand 293

Max von der Grün
Männer in zweifacher Nacht
Roman

Luchterhand

Sammlung Luchterhand, Februar 1980
3. Auflage April 1983

Lektorat: Klaus Roehler
Umschlaggestaltung: Kalle Giese, Darmstadt
Umschlagfoto: © Ullstein Bilderdienst
Herstellung: Martin Faust
Gesamtherstellung bei der
Druck- und Verlags-Gesellschaft mbH, Darmstadt
ISBN 3-472-61293-2

I.

Die Feiertage standen noch in ihren Gesichtern. Der Gang zur Anfahrt war schleppend. An der Lampenstube vorbei zogen an die tausend Kumpel durch den überdeckten Laufsteg. Streit und Sticheleien gab es nicht. Weihnachten klang in allen noch nach.

Die Arbeit war ihnen an diesem ersten Tag nach dem Fest ein Greuel. Auf den Bänken in der Kaue saßen sie und blickten voller Unbehagen auf die große Uhr über dem Eingang, deren Zeiger unerbittlich auf die Sechs hinzuckten. Andere standen an ihren Kleiderhaken und überlegten, ob sie endlich die Straßenkleidung mit dem Arbeitszeug tauschen sollten.

In der Kaue warfen sie die Bündel mit der Grubenkleidung auf den warmen Zementboden, entledigten sich der Straßenkleider und hängten diese an die Krallen, an denen zuvor das Grubenzeug gehangen hatte. Die Hauer Hubalek und Kießling standen inmitten eines Trüppchens vor den Toiletten und rauchten noch schnell eine Zigarette – ein warmes Frühstück, wie es in ihrer Sprache heißt. Das Rauchen ist in Grubenkleidung verboten, wer aber wollte es an diesem Tag den Bergleuten schon verbieten. Für die meisten von ihnen ist eine Zigarette vor der Anfahrt das wahre Betäubungsmittel und nach der Auffahrt ein Zeichen dafür, daß man noch lebt.

Schnupftabak wurde von Stanniolpäckchen in Gebrauchsdosen gefiltert, Kautabak in Blechschachteln gelegt. Der Alltag besitzt Normen, der des Bergmanns hat seine eigenen.

Johannes Brinkmann keuchte dem Kaueingang zu, unter dem rechten Arm die in ein großes Handtuch geknüpften Grubenkleider, in der Linken Kaffeeflasche und Butterbrote. Er hatte keine Zeit für Begrüßungsworte an Hubalek und Kießling. Ein kurzes Nicken nur, dann verschwand er.

In der Kaue schlug ihm eine undefinierbare Mischung von Gerüchen entgegen, ein Brodem, der den Waschkauen aller

Länder eigen ist. Dort blubbert ein Stimmengewirr besonderer Art, wie das Ausrollen des Donners, nur gedämpfter. Das Quietschen der Räder, auf denen die Ketten rollen, Lachen, Schimpfen, Fallen und Klatschen – das alles vermischt sich zu einem unverwechselbaren Konglomerat. Die Kaue ist das Treibhaus der Zeche, in dem alles rüstet, neu ersteht.
Johannes beeilte sich mit dem Umziehen, verstaute Flasche und Brote in die Taschen, nahm seine Kontrollmarke und holte seine Lampe an der Lampenstube ab. Am Ende des Laufsteges wartete er auf seine Arbeitskameraden, und als die beiden zu ihm getreten waren, gingen sie langsam zur Hängebank.
Am Schacht traf Johannes Brinkmann seinen Vater wieder, der Anschläger der westlichen Förderung war und besorgt über die Köpfe der Anfahrenden auf den Holzplatz schaute. Vater und Sohn hatten wenig Zeit für ein Gespräch. Der alte Brinkmann warf nur kurz einen Blick auf die Ausrüstung seines Sohnes und fragte, wo er seine Handschuhe gelassen habe. Johannes winkte ab, solcher Flickflack sei unnötig, er habe feste Hände. »Dann eben nicht«, brummte der Alte, und zu seinem Hilfsanschläger gewandt: »Heutzutage haben die Eier mehr Verstand als die Hühner.« Die Seilfahrt vollzog sich heute in mustergültiger Ordnung, keiner drängelte, keiner murrte, keiner war wütend über den anderen. Alle waren noch müde. Auch im »Glückauf«, das einige sich gedankenlos zumurrten, schwang Resignation.
Mit dem letzten Korb fuhren Johannes Brinkmann, »Stacho« Hubalek und Josef Kießling in die Tiefe, und Stacho meinte auf halbem Wege, daß sie nun für acht Stunden verkauft wären. »Alles Schiet, Kohlen müßte es im Tagebau geben, aber nicht so. Blöde Erfindung.«
Zwei Minuten später hatten sie die vierte Sohle erreicht, Tiefe 800 Meter.
Vom Korb aus wanderten die drei gemächlich dem Personenbahnhof zu, wo sie in das überdachte Abteil des bereitste-

henden Zuges krochen. Dieser Wagen bot guten Schutz gegen den hier besonders heftig anstürmenden Wetterzug, der selbst die dickste Kleidung durchdringt. Sie drehten die Lampen ab und stellten sie zwischen die Beine. Josef Kießling legte seinen Kopf an die Blechwandung, schloß die Augen und schlief ein, noch bevor der Zug sich in Bewegung setzte.

»Wie steht es jetzt im Mausegatt?« fragte Johannes.

»Übel. Du wirst es ja gleich sehn, übel sage ich dir. Die Strecke ist so schmal geworden, daß in letzter Zeit der Akku nicht mehr durchkam. Das Ort mußte vierzehn Tage gestundet werden. Jetzt wurde ausgestollt, etwas besser, aber auch nur Flickwerk. Lange dauert es nicht, dann geht die Bruchbude zusammen. Unsereiner darf doch nichts sagen, wir sind Kumpels, verstehst du? Der Arsch der Welt, mit dem man nicht denken kann. Und weil die andern die Köpfe sind und die Verantwortung tragen, müssen sie zwangsläufig auch alles richtig machen. Verstehst du?«

»Nein.«

»Nein? Du bist ja auch kein Kumpel, nur ein studierter Hanswurst.« Das einsetzende Gepolter und Geratter des nun fahrenden Zuges unterbrach ihr Gespräch, an weitere Unterhaltung war nicht zu denken. Ziel: die fünfte westliche Abteilung, die letzte der westlichen Richtstrecke. Entfernung: 2600 Meter. Johannes kannte die Strecke von früheren Befahrungen her gut, auch war er den ganzen Weg schon zu Fuß gelaufen, wenn er den Personenzug einmal verpaßt hatte. Wahrlich ein beschwerliches Hasten. Kein Meter frei von Feuchtigkeit, alles war so glitschig, daß das Vorschreiten mehr einem Rückgleiten gleichkam. Das starke Licht der Oberleitungsmaschine bohrte sich aufreißend in die Nacht der Grube, erweckte das Tote zum Leben. Und ohne daß Johannes es sah, wußte er, daß die erste westliche Abteilung passiert wurde, denn der Wechsel, der die zweispurige Bahn zur eingleisigen führte, war noch in demselben schlechten Zustand wie vor einem halben Jahr.

Schlendrian, dachte Johannes. Stimmt schon, was die Kumpels sagen: Gemacht wird erst dann was, wenn es einen Toten gegeben hat. Dann ist natürlich nicht der sonst geduldete Schlendrian schuld, sondern die mangelnde Vorsicht des Kumpels. Überall das gleiche, gut, daß ich nicht Bergmann werde, könnte mich nicht beherrschen, müßte meinen Mund aufreißen. Wie man das so kann, täglich über den Schlendrian steigen, täglich das Unzulängliche sehen und doch den Mund halten – wie kann man das? Ist der Kumpel vertrottelt? Oder ist es Resignation, weil doch nichts getan wird?

Nur gut, daß ich später was anderes mache. Hier unten erstickte ich nach vierzehn Tagen.

Hinter der zweiten Abteilung wurde es hell, und das Licht begleitete sie bis zur vierten Abteilung, wo der Zug zum ersten Male anhielt. Hier entstiegen die Männer des Reviers acht. Es waren nicht viele, denn das Kohlendrittel dieses Reviers lief auf Mittagsschicht. Die Helle zwischen der zweiten und vierten Abteilung hatte ihren Grund. Dieser Teilabschnitt der Richtstrecke war vor den Feiertagen neu eingestäubt worden, damit die Feuergefahr bei ausbrechenden Explosionen verhindert oder zumindest gehemmt würde. Das sind Dinge, die man im Laufe der Jahre mitbekommt, ohne daß einer es sagt. Dieser Steinstaub, gemahlener Kalkstein, hat die erfreuliche Eigenschaft, weiß wie Schnee zu sein. In der Nacht der Gruben nimmt sich das geradezu feierlich aus. Unwillkürlich kam Johannes der Gedanke, wie freundlich die Gruben sein müßten, wäre auch die Farbe der Kohle weiß.

Warum sollte die Kohle nicht weiß sein? Hat Gott das so bestimmt? Wir wissen nur, daß die Kohle in Millionen Jahren entstanden ist, daß wir weiter nichts fördern als Holz. Warum kann Kohle also nicht weiß sein? Aber nein, sie muß schwarz sein, schwer und staubreich. Warum nur? Sie würde bestimmt auch brennen, wäre sie weiß oder rot oder lila . . .

Sein Kopf stieß beim Anrucken des Zuges schmerzhaft an die Wagenkante. Hier an der vierten Abteilung bahnte die Strecke eine S-Kurve, sie kam aus östlicher Richtung, führte nun nach Norden und bog hundert Meter weiter wieder zur Ostwestrichtung um. Die vierte Abteilung hieß beim Kumpel das Deutsche Eck, denn hier war eine aus Hartbrandsteinen ausgebaute Nase, mit schweren T-Trägern verstärkt, die, bei etwas Phantasie, die Namensgebung wohl rechtfertigte. Hundert Meter vor dem Stapel der fünften Abteilung war Endstation. Der Lokführer rangierte den Zug, als alle ausgestiegen waren, auf ein Abstellgleis. Die nun folgenden Wege mußten gelaufen werden, da die Strecke schon viel von ihrer ursprünglichen Breite eingebüßt hatte. Fünfzig bis sechzig Männer bewegten sich zum Stapel, Angehörige des Reviers neun, das in dieser Abteilung – weit verstreut – seine Betriebspunkte hatte.

Stapel oder Blindschächte sind Angel- und Sammelpunkte innerhalb einer Abteilung, hier versammeln sich die Männer vor Arbeitsbeginn zur Einweisung und kehren hierhin nach Schichtende zurück.

Was der Haupt- oder Förderschacht für die Grube, ist der Stapel für die Abteilung. Er verbindet, von Sohle zu Sohle getrieben, die Örter miteinander. Die Hauer in den Streben verzehren hier meistens ihre Butterbrote, entledigen sich der überflüssigen Kleidung und erhalten Anweisungen für die beginnende Schicht. Der Steiger selbst kann hier einen schnellen Überblick gewinnen, feststellen, wer fehlt, erfahren, wer hinzugekommen ist. Am Stapel hält der Bergmann auch gerne großes Palaver, bietet sich doch während der Arbeit selbst nur selten Gelegenheit dazu. Da wird alles beredet: das in Kürze abzuschließende Gedinge, die Wahlen, Sieg oder Niederlage einer Fußballmannschaft, Toto- und Lottoergebnisse. Man spricht auch über Mißstände, die im Verlauf einer Schicht oder Woche aufgetreten sind.

Steiger Heinisch nickte Johannes nur zu. Für ihn war er ein Protegierter, und die mochte der Steiger nicht besonders.

Heinisch rief Hubalek zu, den angehenden Pfarrer besonders an die Kandare zu nehmen, diesen Leuten solle nichts geschenkt werden, auch sie sollten im Schweiße ihres Angesichtes ihr Brot verdienen. Es klang nicht bösartig, es waren eben Floskeln, ohne die ein Bergmann in seinem Alltag nicht auskommt.
Ort drei. Der Korb hielt. Vier Männer, ebenfalls Ortsleute, entstiegen dem Satz.
»Begleitort Flöz Geitling«, erklärte Stacho Johannes. Ort vier. Alle stiegen vom Korb. Hubalek und seine beiden Mitschaffer und die Hauer des Flözes Geitling, die von hier in den Streb einsteigen mußten.
Die Hauer trugen auf dem Oberkörper nur Schweißhemden. Das Arschleder hing lose herunter, die Halteriemen baumelten um die Knie. Einige trugen Knieschoner aus Hartgummi.
Stacho gab den Korb frei. Signal: zweimal zwei Schläge. Der Korb sauste zur Tiefe, neue Menschenfracht an die Betriebspunkte zu verteilen. Die vierzehn Hauer liefen nach Norden, Hubalek, Brinkmann und Kießling nach Süden.
Hundert Meter Querschlag, dann Teilung der Strecke in West und Ost. Die drei brauchten nur geradeaus zu laufen – Osten; die Richtstrecke war hier gleichzeitig Flözstrecke.
»Wird im Westen noch gekohlt?«
»Schluß da, wird ausgeraubt, schon fünf Wochen zugange.«
Die Strecke, in die sie nun einbogen und bis vor Ort durchlaufen mußten, maß fast fünfhundert Meter. An einigen Stellen war der Stollen so zusammengesunken, daß sie nur gebückt gehen konnten. Johannes stieß mit dem Kopf heftig an eine durchgebogene Kappschiene.
»Nimm die Rübe runter«, rief Stacho. Johannes stülpte den abgefallenen Helm wieder auf. »Tut verdammt weh.«
»In Bonn«, sagte Kießling, »sind die Räumlichkeiten höher.«
»Stimmt!« antwortete Johannes.
»Blödmänner, ihr«, fuhr Stacho dazwischen, »paßt auf hier. Verfluchte Strecke, täglich dieser verdammte Weg. Verfluch-

te Sauerei. Zuchthaus ist ein Kinderspiel dagegen. Laß mich einsperren, wenn ich noch lange vor dem Ort sein sollte. Vorher aber bringe ich noch einen um.« Bum! Bum! Auch er stieß nun heftig an. Der Helm fiel zu Boden, wie vorher bei Johannes. Johannes und Josef lachten. Stacho wütend. »Schnauze!« brüllte er, »Gesindel«, jammerte er dann.
Wieder liefen sie schweigend weiter. Endlich erreichten sie die Mündungen, aus denen die Kohle vom Streb gezogen wird. Drei Stahlblechmündungen, alle verbeult und ausbesserungsbedürftig.
Dieses letzte Stück Strecke war schlimm, auch für den geübten Bergmann, der weiß Gott an allerhand gewöhnt ist: der Ausbau erbärmlich vernachlässigt, die Stempel eine Karikatur von dem, was sie hätten sein sollen. Die Schwellen lagen frei, das Laufen wurde zum gebückten Hüpfen, das Gehen zum Anschleichen. Links und rechts der Schienen lag das Ausstollgestein, oft einen halben Meter hoch. Nur die untergesetzten Mittelstempel verhinderten ein Zusammensacken der Streckenteile.
»Junge, Junge, schwer niedrig hier. Wie da der Akku noch hindurchkommt?«
»Wie du bei dem Gelatsche noch quasseln kannst«, murrte Josef. Mehr als fünfzig Meter war der niedrige Streckenabschnitt lang, und bis vor Ort zeigte sich dann eine wohlgebaute Umformung, normal, und für die Begriffe des Bergmanns intakt.
»Typische Zechenwirtschaft«, schnaufte Stacho, als sie den höheren Teil erreicht hatten. »Der Akku kann gerade noch drunter her fahren, und manchmal greift die Batterie an die Firste. Wie oft habe ich dem Obersteiger schon gesagt, es müßte unbedingt etwas getan werden. Eines Tages fährt sich da noch einer den Kopf ab.«
»Was dann?«
»Was dann? Nichts! Dann wird die Strecke zugemacht. Das ist alles. Die Kerle sind taub.«
»Dir gegenüber wohl?«

»Sicher. Ich habe ein rotgefärbtes Maul, sagt der vollgefressene Wanst.«
»Du bist bekannt wie das saure Bier, Stacho.« Johannes lachte.
»Die sind es auch. Alles Verbrecher. Sauerei das hier, und noch dazu nach den Feiertagen.«
Sie hatten die Gezähkisten vor Ort erreicht, drei Stück, nebeneinander gestellt, fünf Meter vor Ort. Als wäre es Schichtende und nicht Schichtbeginn, fielen sie müde auf die Kisten nieder. Auf ihren Stirnen perlte der Schweiß.
Sie verschnauften.
Nach wenigen Minuten zogen sie ihre Röcke aus, entnahmen diesen Butterbrote und Kaffeeflaschen, butterten.
Sepp stand noch einmal auf und drehte den Ventilator ab.
»Der Krach von dem Ding macht mich krank, man kann dabei verrückt werden.«
Sie aßen und tranken schmatzend – aber sie schwiegen. Jeder hing seinen Gedanken nach. Endlich sagte Stacho: »So ein Schinkenbutter ist eine Wohltat nach so vielen Tagen Kuchen. Meine Alte wollte mir tatsächlich Kuchen mit zur Zeche geben. Total plemplem, und das nach dreißig Jahren Ehe.«
Kießling hatte wenig Hunger, keinen Durst; er aß nur eine Doppelschnitte, die Flasche ließ er unberührt. Aber er war müde. Während die anderen noch aßen, formte er eine Kuhle und legte sich hinein.
»Ist das mit dem immer so?«
Kauen konnte Hubalek, es war eine Freude, dem Manne zuzusehen; er schmatzte und stöhnte beim Essen, als verrichte er eine schwere Arbeit, und der Schweiß perlte noch stärker auf seiner Stirn. Erst als er den Mund leergekaut hatte, antwortete er.
»Seit einigen Wochen. Hat da irgendwo eine Schickse stehn, in Bochum, wenn ich mich nicht irre. Wenn wir Frühschicht haben, fährt er jeden zweiten Tag hin. Wenn er mit der noch lange läuft . . .«

Der Alte trank mit ein paar Zügen die Flasche halb leer.
»Was soll man dazu sagen? Er ist schließlich alt genug, um zu wissen, was er tut. Die Weiber sind eines Tages sein Untergang; er kann sich nicht beherrschen, wenn er einen Rock sieht. Sein Verstand ist dann im Eimer. Drohte ihm schon an, mir einen andern Kumpel zu suchen, falls er so weitermacht. Gefruchtet hat es nicht. Würde ich auch nicht tun – und wenn er auf Stelzen zur Arbeit käme.«
»Was tätest du nicht?«
»Mir einen andern suchen. Habe mich zu sehr an Sepp gewöhnt. Er arbeitet gut, spricht wenig – was will ich noch? Das ist viel zuviel für die Grube.«
»Eigentlich weiß man wenig von ihm.«
»Was willst du wissen? Hauptsache er schafft gut, ist zuverlässig, ist Kamerad – das andere zählt nicht, und wenn er jemand umgebracht hätte. Hat man sonst noch Forderungen für die Grube? Nein! Wir sind in der Grube doch alle andere Menschen, nicht so wie über Tage. Wir sind im Stein Figuren, die für acht Stunden – oder neun – kein Vor- und kein Nachleben haben. Wir sind Kumpel, das ist alles.«
Johannes hatte die Hälfte seiner mitgebrachten Schnitten verzehrt, die andere verwahrte er sich für Schichtende.
»Kann ich meine Butters in den Stoß legen, oder gibt es hier Mäuse?«
»Binde sie lieber mit Schießdraht auf, Mäuse gibt es hier in Massen, das heißt: gab; komischerweise habe ich seit einigen Tagen keine mehr gesehen. Weiß der Teufel, wo die Mistviecher nur hingelaufen sind?«
Johannes trank seine Flasche unbedacht halb leer: »Auf den Kuchen, den man sich während der Feiertage in den Wanst geschlagen hat, bekommt man Durst.«
»Ich auch. Wird schon vorübergehn, die Schicht.«
Der Kumpel trinkt nie anfangs der Schicht seine Flasche leer, denn keiner weiß, was die nachfolgenden Stunden bringen. Nun saßen auch Stacho und Johannes auf den Kisten, ihre

Rücken an den Knüppelverzug zwischen die Stempel gelehnt, und sie sahen gedankenlos vor sich hin. Stacho schloß nach ein paar Minuten die Augen, kreuzte die Arme über seinem Bauch, grunzte und seufzte, als wäre das Tagewerk schon vollendet. Endlich schlummerte der Alte. Es war nun beseligende Ruhe eingezogen, und außer dem undichten Ventil, das leise zischend Preßluft ausließ, und dem Geschnarche des Alten war kein Laut im Berg. Johannes saß mit wachen Augen und wartete auf das Huschen der Mäuse. Keine kam. So sehr er sein Gehör und seine Augen anspannte, nirgendwo ein flinker Schatten.

Das hier ist nun das Ende der Welt, dies ist der einsamste Ort – vor Ort. Das ist der verlassenste Platz der Erde – nicht der Nordpol, nicht der Südpol, nicht die grenzenlose Öde der Sahara, nicht der Gipfel des Mount Everest; hier ist, wenn auch gestaltlos, das Ende. Nach hier dringen keine Augen, hierher strahlt nicht das Licht des Tages, nicht der Frost, nicht die Hitze, ebensowenig der Wind, der Sturm – keine Stimme. Dieser Ort verkörpert das Nichts, das Vergessen; hier offenbart die Einsamkeit ihre Formen. Vor Ort.

Vor Ort! – Die Jagd nach dem Gelde, das Gedinge, das Lärmen der brechenden Hämmer, das Heulen der Ventilatoren und das Blasen der Düsen, das Knacken des Eisens, das Splittern des Holzes, das Geschrei des Gesteins – das alles täuscht den Bergmann über seine große Verlassenheit hinweg.

Nie ist er sich bewußt, daß die Tür hinter ihm zugeschlagen wird, wenn er mit dem Korb bergein saust.

Auf Gedeih und Verderb ist er seiner Arbeit und dem Berg verpflichtet; steht er aber im Berge, läuft die Gefahr nebenher.

Der Berg! Ein systematisch durchgewühltes Streckengefüge, das tausend Gefahren in sich birgt, unsichtbar und ohne Vorwarnung. Und der Kumpel in ihm ein Kind, ein Pionier, manchmal auch ein Tier.

Der Berg, die Gefahr, der Kumpel: Trinität gefährlichen Alltags.
Der Berg: ein Fluch – ein Gebet!

Ob er schweigt oder rumort, immer wandert er und fließt, schiebt, springt auf und tummelt sich. Immerfort ist der Bergmann den Launen dieses Monstrums ausgesetzt, ob er sich ihm wie ein Kind anvertraut oder wie ein Einbrecher weiter in ihn vordringt. Das Schwarze ist sein Brot, die Stimme des Berges seine Gesellschaft, die Firste sein Himmel, die Sohle das einzig Beständige. Und ohne diese Eigenschaften des Berges würde der Kumpel nur halb leben, wäre der Bergmann nicht Kumpel.
»Der sägt wieder alles kurz und klein.« Stacho stieß Johannes an und deutete nach Josef.
»Wen hattest du eigentlich vor mir als dritten?«
»Den krummen Otto, du kennst ihn doch.« Der Alte lachte. »Sagen alle, der sei blöd. Aber wenn der blöd ist, wer ist dann noch normal?«
»Wieso?«
»Mensch, der hatte eine Art, sich vor der Arbeit zu drücken, einmalig, sag ich dir. Hatte er was Schweres zu heben, bekam er einen Hexenschuß, schaufelte er, ging ihm die Puste aus, und nahm er den Hammer, warf er unter Garantie einen kleinen Bruch. Mein Lieber, ich weiß nicht: ist er der geborene Simulant oder der raffinierteste Kerl? Er selbst hält sich für den vollkommensten Arbeiter. Bekomme ich den wieder, wenn du nach den Ferien abhaust, schlage ich den Burschen in der ersten Stunde durch Sonne und Mond.«
Johannes blickte zur Uhr. Acht, schon längst Zeit zum Arbeitsbeginn. Aber er wollte Stacho keinesfalls mahnen, der mußte selbst wissen, wieviel träge Zeit das Gedinge zuläßt. Johannes gefiel es so: noch ein wenig sitzen, vor sich hindösen und in die Dämmerung starren. Die Feiertage hatten die Unlust in die Glieder eingelassen, der befreiende

Schritt zur Arbeit kümmerte noch in Gedanken und Willen. Stacho wartete auf Josef. Der wieder auf den Alten. Trotz der völligen Ruhe, trotz des abgeschirmten Lichtes keine Maus, kein huschender Schatten und auch nicht das Rascheln ihrer schußartigen Bewegungen.
Verwunderlich, diese kleinen Tiere trifft man überall an, wo Bergleute ihre Butterbrote verzehren. Von den Krumen leben sie, die Brösel reichen ihnen und notfalls zernagen sie das fettige Papier.
Josef war aufgewacht, er gähnte und streckte sich, zog dann sein Überhemd aus. Mit voll aufgedrehtem Licht lief er in die Strecke hinein, um den Ventilator einzuschalten, und einer Trompete gleich jagte dessen Ton über drei Oktaven, bis er schließlich das hohe C erklomm. Dieser Ton blieb fortan bestimmend, blieb es tage- und wochenlang. Dann lief Josef zum Ort und schraubte, nachdem er einige Sekunden vor dem nicht ausgebauten Abschlag sinnierend gestanden hatte, die Luftlampe an; der Dynamo heulte auf wie ein Sturm, doch dafür erweckte aufflammendes Licht das Ort und einen Teil der Strecke zum Leben.
Ihr Sprechen und Schreien, hohes C und Gejaule verschmolzen zum Orkan. Die Technik unter Tage, des Bergmanns Erleichterung, ist allerorten überlaut.
Stacho brüllte Johannes ins Ohr: »Jetzt wird der Sepp wild, einmal losgelassen, ist der nicht mehr zu halten.«
Stacho schloß eine der drei Kisten auf und entnahm das, was er im Verlauf der Schicht brauchen würde: zwei Schippen, einen Krätzer, Säge und Beil und das Spitzeisen für den Preßlufthammer. Johannes trug das Gezähe zum Ort, er kannte die Handreichungen von früher.
Zuerst schraubte er die Muffe vom Hammer, setzte das Spitzeisen ein und schob dann die Muffe wieder darüber, schraubte so lange, bis die Raste mit einem Klacken ihre Kerbe gefunden hatte. Der Abbauhammer war einsatzbereit. Mit sicheren Griffen schraubte er den Zuführungsschlauch in ein Ventil des Rohres, bis der Hammer unter Luft stand.

Er probierte: blubb, blubb blubb blubb – die Arbeit konnte beginnen.
Nun erst fand er Zeit, das Ort genauer anzusehen. Das Flöz, vier Fuß Mächtigkeit, lief halbsteil durch das Ortsviereck, und vom Liegenden und Hangenden verblieb jeweils ein Dreieck: das Hangende links oben, das Liegende rechts unten, und da beide aus Stein waren, wurden sie nicht mit dem Abbauhammer abgeholt, sondern nur angebohrt und vom Schießmeister abgeschossen. Diese Arbeit fiel nicht ihnen zu. Stachos Drittel hatte in dieser Woche den Ausbau zu setzen, den abgekohlten und abgeschossenen Abschlag holz- und eisenbewehrt einzukleiden und das Gebirge zu festigen. Die Mittagsschicht, die vor den Feiertagen als letztes Drittel hier arbeitete, war mit dem Laden nicht fertig geworden. Ein kleiner Haufen lag vor Ort, so daß Stacho gleich einschreiten mußte:
»Sepp, erst den Haufen wegladen! Drei Leere haben wir noch, reichen aus. Könnt es alleine machen. Ich suche erst in der Strecke nach einer Schiene, denke, daß ich da eine finden werde. Die Sauhunde haben wieder kein Eisen gefördert.«
Kießling, der, seitdem sie vor Ort angekommen waren, noch kein Wort gesprochen hatte, faßte den ersten leeren Wagen, schob diesen mit Johannes' Hilfe über den Wechsel an die Ladestelle und begann sofort zu laden. Johannes versuchte, das Tempo mitzuhalten, er gab es aber nach der zwanzigsten Schippe auf. Kießling arbeitete wie ein Uhrwerk. Er sah weder nach links noch nach rechts, nur auf den Haufen, auf den Wagen, auf die Schippe. Auch sprach dieser sonderbare Mann während der Arbeit kein Wort, und während der Schweiß Johannes' Hemd schon eindunkelte, war Kießlings Stirn noch völlig trocken.
Josef arbeitete gelöst, in keiner Sekunde verkrampft wie Johannes, in seinem Arbeitstakt pulste eine beneidenswerte rhythmische Ruhe, als zöge ein Pferdegespann seiner bayerischen Vorfahren bedächtig und gleichmäßig den Pflug durch den Acker.

Der volle Wagen wurde ausgewechselt gegen einen leeren. Der Rhythmus begann von neuem.
»Nun halte doch einen Moment die Luft an«, rief Johannes. Keine Antwort, das Gestein der abgekippten Schaufeln klatschte auf den Wagenboden. Johannes dampfte, er zog sein Hemd aus der Hose und trocknete mit dem unteren Rand das Gesicht. Er seufzte, lud dann weiter.
Unterdessen suchte Stacho im rückwärtigen Teil der Strecke eine Schiene von drei Meter Länge. Nach längerem Umsehen hatte er im zusammengesackten Teil eine gefunden. Er markierte die Stelle mit Kreide, damit Johannes und Josef sie nachher auch fänden.
Der Alte hatte kaum seinen Gang beendet, da donnerte ein dumpfes Rollen über ihm. Es war von solcher Heftigkeit, daß selbst die Kappschienen erzitterten. Dann ein Knistern, wie wenn man dürres Reis ins Feuer wirft. Aus der Firste rieselte Kohle durch die Verzugsknüppel, schottergroßes Gestein, und in wenigen Minuten häufte es sich zwischen den Schienen an.
Stacho, zuerst vorgebeugt und ruhig, hatte einige Steine auf den Rücken bekommen. Jetzt fluchte er laut. Seine Sinne waren zum Berg gerichtet.
Der Knall, das nachfolgende Geknister und das einige Minuten anhaltende Geriesel waren eigentlich nicht von Bedeutung. Während einer Schicht geschah oft derartiges. Der Bergmann weiß, daß das Gebirge sich verlagert. In der Unermeßlichkeit verbreitert sich eine Spalte, oder eine Wasserader findet ein neues Bett. Das Schiefergestein ist in ständiger Bewegung. Die Folgen solcher Ausbrüche sind in der Regel gering, meist so, wie sie nun vor Stacho lagen, harmlos, nur ein Anlaß zum Ärgern. Der Kumpel unterbricht bei einem Knall nicht einmal seine Arbeit. Erst wenn der Knall ungeheuerlich heftig ist, verläßt er fluchtartig die Gefahrenstelle.
Heute kam es Stacho anders vor. Sein Ohr, in dreißigjähriger Erfahrung geschult, hatte im Knall einen noch nie vernom-

menen Ton herausgehört, und das war es auch, warum er noch hocken blieb und weiterhorchte, als der Spuk längst verebbt war.
Gefällt mir nicht, klang so komisch, werden doch keine Schwierigkeiten kriegen? Fehlte noch. Muß es Heinisch sagen, wenn er kommt, hier muß was getan werden. Verdammte Zeche, könnte ich dich doch endlich von außen begucken. Ob der Wagen voll ist? Habe mich wieder gut gedrückt. Sind jünger, habe mich mein Lebtag genug geplagt. Stakete – wo nehme ich die fehlenden Staketen her? Der Zaun muß zu, die Hühner laufen auf die Straße. Dem Hoffmann seine Tauben knalle ich morgen ab, fressen den meinen das Futter weg. Der Hungerleider, hat für sich nicht genug zum Fressen, schafft sich dann noch eine Menge Viehzeug an. Angeber der. Scheint ruhigzubleiben, der Berg. Komischer Knall, noch nie gehört. Wo nehme ich die Staketen her?
Als der Berg nach Minuten weiterhin stumm blieb, verließ Stacho den gefährlichen Platz. Er ging zum Ort, um Knüppel und Spitzen in den Abschlag zu schaffen. Viel dergleichen würde nötig werden, um die Firste abzudecken, wenn erst einmal die Schiene vorgepfettet war. Auch altes Rundholz schleifte er bei, nicht mehr verwendbare Stegen und große Steine, die man schon beim Laden ausgeschieden hatte.
Zwei Wagen geladen. Was noch dalag, war keine Behinderung für den nun beginnenden Ausbau. Johannes saß erschöpft auf einem Ersatzrohr und sah besorgt dem Treiben der beiden zu.
Stacho lachte über die Erschöpfung des Jungen: »Nichts Gutes gewöhnt, mein Lieber. Mußt schuften hier, ist kein Bleistiftspitzen.« Und nach einem mißbilligenden Blick: »Setzt sich der Kerl schon wieder auf das kalte Eisen, du bekommst Hämorrhoiden. Oft genug gesagt.«
Mit keinem Wort tadelte er Johannes' Kunstpause.
Während Stacho mit der Ausbauarbeit begann – viele Vorar-

beiten waren nötig: Bühnenlöcher mußten gebrummt, der Stoß am Hangenden nachgebrochen werden –, rangierten Josef und Johannes einen Teckel aus dem Wechsel und fuhren zu der Stelle, die ihnen Stacho beschrieben hatte. Die Kappschiene war dringend nötig, es mußte schnell gehen.
Beim Laden der Schiene verwünschte Johannes erstmals, daß er seine Handschuhe nicht mitgenommen hatte, denn er schürfte sich beide Handrücken blutig. Kießling besah den Schaden, grunzte, spuckte auf die aufgerissene Hand, arbeitete weiter.
Der beladene Teckel rollte vor ihnen her, und weil die Schienenführung zum Ort ein wenig Gefälle hatte, faßte Josef mit einer Hand den Oberrand, während Johannes, beide Lampen tragend, hinterherlief.
Und da, es waren ungefähr noch zehn Meter zum höheren Streckenteil, erzitterte das Gebirge erneut. Ein heftiger Schlag, lauter und ausladender als der vorige. Hinter ihnen brach eine Kappschiene wie eine Holzsparre, und sofort regneten durch den aufgerissenen Verzug Steine und Kohlenbrocken. Es begann fast lautlos, wie Sand durch die gespreizten Finger, und als nach wenigen Minuten der böse Zauber vorbei war, lag in der Bahn ein Haufen, der einen Tonnenwagen wohl gefüllt hätte.
Johannes saß zusammengekauert im Hangendenstoß, in den er unmittelbar nach dem Knall geflüchtet war; Josef hockte zwischen den Schienen und lauschte in das Gebirge: »Kruzitürken! Wenn wir da drunter gewesen wären!«
Josef entriß Johannes eine Lampe und lief etliche Schritte zurück, um das Ausgelaufene und den Aufbruch in der Firste eingehend zu untersuchen. Johannes folgte ängstlich. Josef sah die Angst in seines Nebenmannes Augen. »Na komm schon, du Jammerlappen, lassen wir's eben liegen, wird schon jemand kommen und aufräumen – wahrscheinlich wir.«
Stacho, der den dumpfen Schlag als ein feines Vibrieren bis ins Ort gespürt hatte, kam ihnen entgegengelaufen;

auch er besah die Firste.
»Verspätete Weihnachtsbescherung.«
Mit einer Spitze stocherte der Alte eine Weile in der Firste herum, ein neuer Niederfall kam Gott sei Dank nicht. Beruhigt, den Teckel vorherschiebend, stapften alle drei zum Ort.
»Wir lassen den Zimmet liegen, Heinisch muß ja gleich kommen, der kann sich ausquatschen, was geschehen soll.« Sie begannen mit dem Ausbau. Die Kappschiene war bald vorgepfettet, Stacho und Josef erstiegen eine Fahrte, jeder an einer anderen Seite, und von diesem erhöhten Stand aus verzogen sie die Firste mit Knüppeln, Spitzen und Altholz. Das notwendige Material reichte Johannes von der Sohle aus zu. Johannes' Eifer war überflüssig, viele seiner Handgriffe und Wege nicht notwendig.
Schweigend, konzentriert lief die Arbeit, Worte nur dann, wenn eine Anordnung unumgänglich war: Knüppel – zwei Stück – Altholz – Knüppel – Donnerwetter! Paß auf! Stege her – wird es bald! Spitzen her! Beeilung! Verdammt! Gib ein Rundholz!
So floh eine Stunde dahin. Arbeit für den Berg, Arbeit für die Sicherheit. Die Luftlampe sang, der Dynamo heulte, sie hatten sich an all diesen Lärm mit den Jahren gewöhnt. Stacho stieg von der Fahrte, wischte den Schweiß ab und blickte in die Strecke zurück. »Aha, unser Steiger kommt, wird allmählich Zeit, alter Herr. Aha, jetzt beguckt er sich den russischen Salat.« Johannes wandte sich um. Das aufblitzende Licht des Steigers, dessen Gestalt unsichtbar blieb, irrte an jener Stelle ziellos, wo sie vor gut einer Stunde der Firstauslauf bedroht hatte. Heinisch blieb ungewöhnlich lange an der gefährdeten Firste, und sein Licht zuckte durch die Dunkelheit.
»Wird sich nicht klar, der alte Herr. Na, was ist? Ah, er kommt!« Da war das Rollen wieder. Der Berg schlug heftiger, mit den beiden voraufgegangenen Schlägen nicht vergleichbar, ein Gebirgsschlag von solcher Lautstärke und

Wucht, daß noch Brocken vom nicht ausgekohlten Flöz vor Ort abschälten und zur Sohle klatschten. Einer Brandung gleich wallte der Luftdruck durch die Strecke – hin und zurück –, und es war, als habe ein Schießhauer eine überbemessene Ladung zur Explosion gebracht.
Josef fiel vor Schreck von der Fahrte, muß weh getan haben. Er rieb sich sein Gesäß und jammerte.
Dann standen die drei Ortsleute wie Säulen und stierten in die sich verdichtende Schwärze der Strecke. Das Licht des Steigers sahen sie noch, es irrte aber nicht wie vorher auf und ab, es stand.

»Dem wird doch nichts passiert sein? Das fehlte noch.«
Im Sprechen hastete Stacho fort, die andern hinterher. Als sie ankamen, kroch Heinisch prustend aus dem geringen Firstniederfall hervor, fluchte und beachtete die andern nicht, er befühlte nur, als er wieder auf den Beinen stand, seine Glieder. Als er merkte, daß ihm nichts passiert war, schnarrte er:
»Glück auf.«
»Auf-auf-auf.« Das vorgestellte »Glück« verschluckten sie; das ist Kumpel-Art.
»Ganz schöner Schlag das«, murrte Heinisch, »hätte mir beinahe in die Hosen gemacht. Junge, Junge, eine Detonation hui.«
»Schon dreimal hintereinander dasselbe«, murrte Stacho, und auch er besah nun den bruchähnlichen Niederfall. Wie Kinder, die Niegesehenes erblicken, glotzten sie zur Firste, und die Ortsleute warteten ungeduldig, aber ergeben, auf die Anweisungen des Steigers. Der stocherte mit seinem Handstock in den Steinbrocken und schwieg.
»Soll der Mist liegenbleiben?« fragte Stacho.
»Was? Hattest du was gesagt? – Ach so, ja. Was machen? Laßt eure Arbeit liegen, geht hier dran. Der Akku drückt ein paar leere Wagen rein, wegladen, Firste neu verziehn. Los dann!«

Mit seinem Krückstock schlug der Steiger an die gebrochene Kappschiene. »Druck drauf; selten im Mausegatt. Heiliges Bimbam, so eine Bescherung.«
»Bescherung?« fragte Stacho wütend, »wo ist hier Bescherung? Schließlich mußte das einmal kommen, können uns freuen, daß es nicht schlimmer kam. Wie lange predige ich schon, das Ort muß gestundet werden, wir sind zu weit vor, der Druck kann nicht gehalten werden. Die Zeche hat genug Geld, die Strecken können öfter aufgefahren werden. Aber wir! Zum Teufel! Nach und nach werden wir blöde, nach uns fragt niemand. Man sollte das Ort stunden. Sag du es den Holzköpfen einmal, das wirkt besser! Kumpels sind ja doof, das weißt du doch.«
»Mensch, nun halte deine Klappe, ist ja halb so schlimm.«
»Natürlich, ist ja keiner dabei krepiert. Muß erst einer ins Gras beißen, dann ist es schlimm. Verdammte Sauerei.«
»Halte keine Volksreden, tu was.«
Josef und Johannes, die mittlerweile zum Ort gelaufen waren und das notwendige Gezähe herbeigeholt hatten, schleppten bereits Holzstempel an. Stacho und der Steiger kauerten abseits, und Heinisch leuchtete immer wieder den Aufriß der Firste ab.
»Ob noch mehr kommt, Stacho?«
»Ich bin sicher. Ist mir zu ruhig da oben.«
»Eben. Was machen wir nun?«
»Alles liegenlassen, abhauen.«
»Hast recht, das beste wär's schon. Geht nicht, machen uns doch lächerlich, ich mich am meisten. Schlag erst einmal Mittelstempel, nur so können wir das Gebirge halten.«
»Tu ich!«
»Mach dir nicht erst eine Zeichnung. Hauptsache, die Dinger stehn drunter.«
»Versteht sich.«
»Habe ein ungutes Gefühl.«
»Hatte ich schon vor Weihnachten.«
»Hast du einen andern Vorschlag?«

»Nur abhauen, sonst nichts. Aber ich mache es so, wie du es für richtig hältst.«

»Aber mach schnell!«

»Immer mit der Ruhe.« Stacho stand auf. »Ich will dir mal was sagen: Ist doch besser, wir hauen gleich ab. Laß die andern lästern, wir sind doch auf der Zeche, da ist alles erlaubt.«

»Bei dir gluckst es wohl? Und die Bude hier? Die geht zusammen.« »Hoffentlich! Ist es deine Bude, meine? Hauptsache, wir liegen nicht drunter. Gibt noch mehr Betriebspunkte auf der Zeche. Und abkratzen will ich im Bett.« Josef und Johannes hatten herbeigebracht, was zu finden war, während die beiden Alten miteinander sprachen. Sie sahen Stacho an, denn vom Alten mußte die Arbeitsanweisung kommen, nicht vom Steiger.

»Hannes, wie spät?«

»Elf vorbei.«

»Was sag ich, gleich Schicht.«

Der Steiger sprang auf. »Wenn du nur Schicht hast! Was willst du draußen? Regnet doch!«

»Und was hier? Bude geht doch zusammen!«

»Na und? Ist es deine Bude? – Mach schon!«

Stacho nahm am ersten Ausbau vor dem Niederfall mit zwei hintereinandergelegten Spitzen Maß, übertrug es auf einen bereitgelegten Stempel und begann ihn gemeinsam mit Josef zu zersägen. Johannes legte schon den nächsten für die Bearbeitung zurecht.

Die Säge hatte noch nicht die Hälfte des Holzes zerteilt und Stacho war im Begriff etwas zu sagen – spuckte er doch mehrmals den Priemsaft aus, was seinen Reden vorauszugehen pflegte –, da kam wieder der Berg in Bewegung und vernichtete die eben erst begonnene Arbeit. Was folgte, war das Werk eines Augenblicks. Nach einem erneuten Knall folgte ein Knistern als würden tausend Feuerchen mit dürren Reisern gefüttert.

Dann kam Steinregen, der Kohlenauslauf, das Krachen und

Splittern des Tragholzes. Vor und hinter ihnen streute der Berg sein Verderben, Steine und Kohlen fielen nieder, Staub wirbelte auf, wie sonst nirgendwo. Donnerartiges Rollen folgte, wie bei einer niedergehenden Steinlawine im Hochgebirge, und übertönte das Geknister. Der Staub wälzte sich durch den Schlund, wie der Wasserdampf durch das plötzlich geöffnete Waschküchenfenster.

Die Männer hasteten zum Ort. Was tat es, daß Kießling stürzte, die Folgenden auf ihn niederfielen? Sie rappelten sich hastig hoch, liefen weiter, und Johannes vergaß in der Angst sein Licht, er taumelte den voranwankenden Lichtern nach, Sie flohen vor dem Zorn des Berges, und der Zorn beschränkte sich nicht auf Donner und Aufschrei allein.

Sie hielten erst im Lauf inne, als die Tonnenwagen vor Ort aus dem Staub erwuchsen wie Hindernisse aus tiefstem Nebel, und dann umkrallten sie die Wagenränder, unfähig, auch nur ein Wort zu sprechen.

So standen sie Minute für Minute, hustend, keuchend, wortlos. Nach einer Ewigkeit endlich lagerte der Staub ab, die Sicht wurde besser. Sie blickten einander in die Augen, die aus den schwarzen Gesichtern wie Irrlichter funkelten.

Hinter ihnen lag die Ruhe des Ortes, vor ihnen der wieder zur Ruhe gekommene Berg. Nur die Technik spie Laute und Leben: der Ventilator, der Dynamo, das undichte Ventil. Für Heinischs angegriffene Lunge waren das schreckliche Minuten. Er hustete und würgte bis zum Erbrechen, fiel am Wagen nieder und krümmte sich im Dreck der Sohle. Stöhnend umklammerte er mit beiden Armen seinen Bauch. Erst als Johannes ihm die Flasche reichte und er einen erlösenden Schluck genommen hatte, zog er sich an der Wagenkante hoch und gab die ersten Kommandos: »Gehen jetzt zurück – kch kch kch – ansehn – kch – was geschehen – kch kch kch – ist. Hoffentlich kommen wir noch – kch – durch. Los, los, kein Zögern, ist verdammt – kch – ernst geworden.« »Tatsächlich? Ernst geworden?« echote Stacho. »Wir machen uns doch lächerlich, du am meisten.«

»Alter Misthund – kch –, sei ruhig.«
»Was ist dort?« fragte Kießling.
»Was denn?«
»Das Licht! Dort!«
Stacho sah Johannes böse an. Endlich sagte der Junge: »Das ist meine Lampe, ich habe sie in der Aufregung vergessen.«
»Aufregung? Wer war aufgeregt, wo gab's das? Wenn man läuft, braucht man doch nicht aufgeregt zu sein? Und was heißt: vergessen! Bist du noch zu retten? Nächstens vergißt du deinen Kopf.« Sie waren schon unterwegs. »Wäre übrigens nicht schade drum.«
»Kch, laß ihn«, rief Heinisch, »ihm geht auch – kch – noch mal ein Licht auf.« Der Alte räsonierte noch einmal: »Lampe vergessen, Mensch, wo gibt es so was!«
Johannes sagte nichts. Auf die Anschuldigung seiner Kameraden gab es kein Wort der Erwiderung, bei ihnen war das Recht. Der unverzeihlichste Fehler eines Bergmannes, sein Licht nicht mitzutragen; bei allen Arbeiten hatte die Lampe in Griffnähe zu sein, selbst an den Plätzen, die durch elektrisches Licht erhellt werden. Alles darf der Bergmann vergessen, seinen Kaffee, seine Brote, sein Werkzeug, niemals aber sein Licht. Denn die Lampe ist unter Tage sein zweites Leben. Das Licht ist Hoffnung und Zuversicht in dieser unterirdischen Welt.
Noch lange kritisierten sie den Jungen. Johannes ertrug es bitter, und er knirschte zeitweilig mit den Zähnen, denn er konnte ihren Wahrheiten keine Ausrede entgegensetzen. Was hatte er sich bei der Flucht schon um die Lampe geschert, sie war ein Nichts, gemessen an dem, was hinter ihnen gebrodelt hatte. Nur laufen, laufen! Solange der Mensch in der Bewegung seine Angst fortträgt, solange er flieht, entweicht er der Gefahr. Johannes aber hatte nie richtig bedacht, daß das Leben unter Tage ein anderes Leben unter anderen Gesetzen ist. Wer hier vor einer Gefahr flieht, läuft vielleicht der nächsten in die Arme.

Sie waren angekommen. Ein paar Tonnen Steine lagen aufgeschichtet, so hoch, daß ein Durchkommen auf den ersten Blick unmöglich schien, ihre Erfahrung jedoch lag so tief verankert, daß sie wußten, diese Versperrung von Sohle zur Firste war mehr Schein als Wirklichkeit. Fein strich noch der Wetterzug, Zeichen vorhandener Öffnung.
»Stacho! Schippen her! Den Haufen durchstoßen!« Sie arbeiteten, noch ehe der Steiger es ausgesprochen hatte. Stacho und Josef begannen mit dem Durchstich: der Alte arbeitete mit dem Krätzer, Josef lud mit der Schippe, und der Steiger beargwöhnte derweilen, das Licht in beiden Händen, alle Poren des Steinhimmels. Die Lampe betastete die aufreizende Ruhe des Gebirges.
Augen und Ohren hafteten am Berg. Johannes stand mit seiner Angst tatenlos allein.
Wenige Minuten nur, und der Durchstich gelang. Der stärker werdende Wetterzug beflügelte ihre Hast.
Stacho erweiterte das tellergroße Loch zu einer Öffnung, die ermöglichte, hindurchzukriechen; er buddelte im Geröll wie ein Maulwurf, und als der Steiger ihn aufforderte, einmal nach oben zu sehen, warf er nur einen kurzen Blick in die Kuppel.
Er erschauerte: Im Gefüge der Kuppel hingen Steine wie angeklebt, ohne Verzwängung oder Verkettung. Es grenzte an ein Wunder, wie sie da oben halten konnten. »Sieht bös aus, ganz böse. Jetzt aber nichts wie weg!«
Der Alte schlitterte vom Steinberg herab, und auf der Sohle wischte er den Schweiß von Stirn und Brauen und bedeutete Johannes, dem Jüngsten, er müsse zum Ort laufen und die dort zurückgelassenen Kleidungsstücke holen. In der Folgezeit erinnerte sich Stacho oft voller Vorwürfe dieser Aufforderung. Hätte er in diesem Augenblick auf die Kleider verzichtet, wäre es niemals so gekommen, wie es dann kam.
Johannes lief so schnell, daß die Lampe ihm abwechselnd in die Kniekehle und an das rechte Schienbein schlug. Er war wütend über seine Ungeschicklichkeit. Wenn die jetzt ab-

hauen und mich alleine lassen. Das bringen die Schweine fertig. Und wenn die Bude dann zusammenkracht, und ich bin allein? Mein Gott, was dann?
Er drehte sich um. Die Lichter waren noch da.
Warum bin ich nur in die verdammte Grube. Nur weil mein Geldbeutel über Weihnachten leer geworden ist. Hätte ich mal lieber die Beine unter Mutters Tisch ausgestreckt. Wenn die jetzt abhauen. Ohne mich. Er drehte sich um. Die Lichter waren noch da.
Blödsinn, brauche doch keine Angst zu haben. Die lassen mich nicht allein. Hier unten läßt man keinen allein, nein, nein. Da kneift keiner, sind schon Kerle. Manchmal auch Schweine.
Er drehte sich um. Die Lichter waren noch da.
Na endlich. Da ist Stachos Jacke. Hatte er nicht einen Schal? Ach ja, hier, nein, verdammt, wo ist der verfluchte Schal? Hier, Gott sei Dank.
Er drehte sich um. Die Lichter waren noch da.
Habe ich alles? Die Kaffeeflasche? Ach was, die lasse ich liegen, soll der verdammte Alte holen. Soll er toben.
Er drehte sich um. Die Lichter waren noch da.
Wenn jetzt der Salat runterkommt, dann sitzen wir in der Patsche. Nie wieder unter Tage, nienienie.
Lieber in den Ferien auf dem Bau Steine tragen. Gott sei Dank, jetzt habe ich alles.
Er stolperte, mehr als er lief, den Weg zurück.
Die Lichter waren noch da.
Au! Verflucht! Bin ich ein Idiot! Meine eigene Jacke vergessen. Umkehren, neinnein! Muß doch, ist Vaters Ersatzjacke, hat ja nur noch die. Muß umkehren. Verdammter Stacho, warum läufst du nicht selbst? Ich könnte den Alten erwürgen.
Er lief zurück, suchte die Jacke, fand sie und drehte sich schnell um. Die Lichter waren noch da.
Schweißgebadet kam er am Bruch an.
Gott sei Dank. Die Lichter sind noch da, die Kameraden

sind noch da. Haben mich nicht im Stich gelassen. Was bin ich für ein Angsthase. Was habe ich jetzt Angst ausgestanden. Nie mehr in die Grube, nienienienie. Lieber auf den Bau, Steine schleppen.

Johannes war in dem Moment am Bruch angekommen, als der Steiger sich anschickte, den Trümmerberg zu überklettern.

Wie das sichernde Leittier einer Herde witterte Heinisch nach allen Seiten. Oben angekommen, rief er den unten Wartenden zu, nicht lange zu palavern, denn über kurz oder lang breche die ganze Kuppel ein. Der Steiger steckte den Kopf durch das Loch, warf einen scheuen Blick nach oben und schob dann den Oberkörper nach vorn. Seine Hände faßten einen Stein der anderen Seite, damit er leichter und schneller aus der Gefahrenzone komme.

So schnell ging das allerdings nicht, Heinisch war ein alter Mann, und er war dick geworden. Die Harrenden sahen seinen trägen Bewegungen zu, es wurde ihnen heiß vor Ungeduld, und sie bedauerten einen Moment, nicht selbst den Anfang gemacht zu haben. Stacho sah nicht, was die beiden anderen sahen, das Mühen des ergrauten Mannes, den Durchlaß zu öffnen für die Nachdrängenden.

Stacho war versunken in seine eigenen kleinlichen, jetzt so unwichtig gewordenen Angelegenheiten, daß der Rock richtig säße, das Halstuch ordentlich geknüpft würde, die Knöpfe der Jacke ihre richtigen Knopflöcher fänden. Stacho würde sowieso der letzte sein. Aber wie der Alte so da stand zwischen den Schienen und sich mühte, seiner Kleidung den richtigen Sitz aufzudrücken, sah er zufällig in den Hangendenstoß, der zwei Meter ihm gegenüber stand. Er dachte nur immerfort: Wo nehme ich die fehlenden Staketen her?

Vor seinen Augen rollte ein Vorgang ab wie die Zeitlupenwiedergabe eines Filmstreifens. Er sah es und nahm es nicht wahr, sah wieder hin und glaubte zu träumen, schloß die Augen und blickte magisch angezogen doch wieder auf den

Stempel – und plötzlich stieg ihm die Ahnung in den Hals, daß etwas Unheimliches schon begonnen hatte, nach seiner Existenz zu greifen. Was sah er?
Der Holzstempel ihm gegenüber, der seit Monaten fest und ruhig mitgeholfen hatte, das unermeßliche Gewicht des Berges zu tragen, bewegte sich.
Bewegte sich!
Nicht wie ein schwankendes Rohr, sondern in sich drehend. Der Stempel drehte sich um seine Achse.
Fasziniert hing Stachos Blick an dem Stempel, und er beobachtete, fast wie ein Unbeteiligter, das Niegeschaute in grenzenloser Ungläubigkeit.
Das Abgleiten des Kappschuhs lenkte ihn vorübergehend ab, aber er bewegte den Kopf nicht. Der wurde von einer unerklärlichen Macht gebannt. Nur die Augen schrägte er, soweit es ging. Da sah Stacho dem Schrecknis vollends ins Gesicht: Soweit das Licht die Grubennacht durchpflügte, sah er fünfzehn, zwanzig Stempel am Hangenden in Bewegung. Sie alle drehten sich um die eigene Achse, zuerst schwerfällig in ihrer untersetzten Stabilität, dann immer behender und leichtfüßiger. Das Holz riß spiralenförmig auf.
Was seine Glieder lähmte, war nicht das Tanzen des Holzes allein, vielmehr, daß all dies in tiefer Stille geschah. Höhnisch stumme Materie. Wie geduckte Kreatur wanderten die Augen des Alten vom Ausgangsstempel in die Strecke hinein und umgekehrt: Tatsächlich, die Stempel tanzten um ihre Achsen wie Mumien, die plötzlich zu Leben gekommen sind.
Immer noch stand Stacho wie gelähmt, und es war ihm, Ewigkeiten schlössen eine Kette. Und doch dauerte es nur Sekunden. Endlich löste sich die Erstarrung Stachos, ein irrer Schrei brachte die Befreiung. Sein Schrei aber vereinte sich mit dem des Steigers, der, mit dem Oberkörper schon auf der rettenden Seite, von plötzlich ausgeworfenem Steinregen augenblicks begraben wurde. Der Todesschrei ver-

schmolz mit dem des Erwachten, der nun klar erkannt hatte, daß der Berg über ihnen zu fließen bekann.
Stacho riß Johannes mit sich in die Strecke hinein, und der Junge raste blindlings mit. Er war nur überrascht, daß Stacho nicht über den Steinberg zum Schacht, sondern zurück zum Ort hastete. Sie liefen vorbei an den sich drehenden Stempeln, die aufzuächzen begannen wie Bäume im strengen Frost, und manchmal hörten sie Laute wie von im Schlaf aufweinenden Kindern.
Sie hatten kaum den höheren Streckenabschnitt erreicht, da brach es los mit allen Gewalten: Es splitterte und krachte, dröhnte und knallte. Ihre Welt barst entzwei. Stacho ließ den Werkstudenten frei und hastete zurück in die fortlaufende Zerstörung hinein: »Josef! Sepp! Sepp!«
Der stolperte ihm entgegen, sprang plötzlich wie über einen eistragenden Fluß von Scholle zu Scholle, während der flüssiggewordene Berg seine Gestalt umschüttete wie der Wolkenbruch das hilflose Bäumchen.
»Zurück! Zurück! Ja seid's denn narrisch worn?«
Wie gehetztes Wild sprang Kießling von einem Stein auf den andern, vor einem Firstauslauf fliehend der andern Gefahr entgegen, und er schrie den beiden zu, nicht ihm entgegen, nur immer in Richtung Ort zu laufen. Da hatte er sie erreicht, wollte glückhaft die Arme ihnen entgegenstrecken, seine Helfer umklammern, da brach erneut die Firste, Steinregen übergoß seine Gestalt. Fast bis zur Unkenntlichkeit.
Der Staub war undurchdringlich geworden; nur der Instinkt half noch weiter.
Stacho rief: »Zurück!«
Der Schrei kam zu spät. In der Zerstörung erwuchs die Gestalt des Flüchtenden wie eine Statue, kalt und starr. Stacho reichte seine Arme zur Hilfe – da knickte diese Statue zusammen, ein lauter Schmerzensschrei war das Ende der Flucht.
So wie Josef gestürzt war, Stacho am Rande des Steinregens mit sich gerisssen hatte, barst eine Kappschiene, und eine der

Enden schlug dort nieder, wohin Josef zuletzt seinen Fuß gesetzt hatte.
Als Stacho und Johannes den Bewußtlosen aus dem Schutt rissen, sahen sie, daß sein rechter Fuß – bis weit über den Knöchel – zerquetscht war. Fleisch, Leder und Blut dort, wo vor Sekunden noch ein heiler Fuß gewesen. Sie schleiften den Bewußtlosen gemeinsam zum einzig sicheren Platz in diesem Tornado: vor Ort.
Eine Viertelstunde knieten sie schon vor Ort um den verunglückten Kameraden. Immer noch kein Ende. Millimeterdick klebte der Staub auf den Glasglocken der Grubenlampen, und immer neuer Staub, schmutzigen Intervallen gleich, wälzte auf sie zu, bis alles von einer samtenen Decke eingehüllt war. Wenn wenigstens der infernalische Lärm aufhören würde! Aber immer noch gebärdete sich der Berg wie ein gewaltiges Gewitter.
Dann plötzlich Stille, unwirkliche, grauenhafte Stille. Sie blieben, wo sie knieten. Ängstlich verhalten sogen sie die Luft ein, gaben sie gepreßt von sich, als genüge schon das laute Atmen, den Zorn des Berges von neuem zu wecken.
Die Luftleitung unterbrochen, das Licht der Luftlampe erstorben, die Düse verstummt, der Ventilator abgewürgt, das undichte Ventil blies nicht mehr.
Der Zerstörung Ende aber war Anfang eines anderen Lebens!

Der unmittelbaren Gefahr waren sie entronnen. Der Berg hatte sie nicht erschlagen. Zwar saßen sie nun in dessen Polypenfängen, aber sie waren noch am Leben. Das Leben! Lieber ein Leben im Gefängnis des Berges als zermalmt von seinem Zorn.
Zu allen Gefängnissen, die Menschen erbauen, führt ein Zugang, der den Harrenden Speise und Trank, Kleider und Wärme, Luft und Licht zuführen kann; den Kranken Linderung, den Sterbenden Trost.
Der Gefangene atmet die Luft der Erde, sieht die Sonne

– wenn nicht ihren Feuerball, so doch Bläue und Gräue des Firmaments –, hört den Regen, fühlt den Frost, vernimmt die Stimme des Vogels, sieht die Sterne. Er lebt in der Zeit, lebt im Wechsel – vom Morgen zum Abend, vom Frühling zum Herbst, vom Dunkel zum Licht.
Was aber haben jene, die im Berg gefangensitzen, abgeschlossen von der Übertagewelt? Was atmen sie? Was sehen, hoffen, glauben und denken sie?
Die Ungewißheit allein, wie lange und weit das Warten seine Unerträglichkeiten spannt, wie lange Hoffen und Bangen währt, wie dehnbar die Zeit wird, bis die Lichter der Retter vor ihren Augen erglühn, die erste Welle Frischluft des Wetterzuges ihre Körper erbeben läßt, macht die Seele verzweifeln. Wieviel Stunden – oder Tage – werden dahintikken, bis das anfängliche Keimen der Verzweiflung geilauf zu ungeahnten, untragbaren Wirren wuchert? Was denken, sprechen, fühlen und erleben Männer im U-Boot, das auf Grund liegt?
Oft ist dieser Vergleich gezogen worden. Aber für Männer im U-Boot gibt es noch den verzweifelten Rettungsversuch mit Sauerstoffmaske und Schwimmweste. Das Gesetz des Handelns liegt – wenn auch vom Tode umtost – immerhin noch in ihrer Hand. Es ist leichter, in den Tod zu laufen, als auf ihn warten zu müssen. Für den Bergmann gibt es kein Gesetz des Handelns, er ist durch die Umschließung gezwungen, mit seinen Kräften, seiner Nahrung und der ihm belassenen Luft hauszuhalten.
Er kennt nur ein Gesetz, wenn der Weg zur Freiheit verschüttet ist: Warten. – Im Gefängnis des Berges gibt es nur dieses eine entsetzliche Gesetz: Warten! Warten! Warten in Untätigkeit und Angst.
Auch der Stöhnende in ihrer Mitte war von Staub überkrustet, und Stacho wischte, nachdem alles längst zur Ruhe gesunken war, dessen Gesicht vom Schmutze rein. Ihre Herzen begannen wieder im Gleichmaß zu schlagen. Nur die Angst hinterließ noch Spuren, sichtbar an ihren zittrigen

Händen. Aus ihren verzerrten und schwarzen Gesichtern glomm das Weiß der Zähne und Augen, soweit das trübe Licht der Handleuchten es überhaupt hervorheben konnte.
Nach geraumer Zeit fand Stacho seine Besonnenheit zurück, er stand auf, streckte und dehnte seine Glieder und sagte dann zu Johannes: »Dreh die beiden Lampen aus, eine genügt. Wir müssen jetzt sparen. Verdammter Schiet!«
Johannes tat wie befohlen, er trat an die Seite des Alten und sah eine zeitlang stumm zu jener Stelle hin, wo der Bruch drohend aus der Dunkelheit höhnte. Dann fragte er:
»Stacho, was nun? Was nun, Stacho?«
Der Alte sah den Jungen an. Er nickte mehrmals schweigend. Er hustete würgend und hektisch, und Johannes war, als zerstöre der Alte mit seinen Hustenanfällen sich selbst die Lunge. Aber so eklig es Johannes in den Ohren klang, der Alte fühlte hernach Erleichterung.
»Komm! – Komm, nimm eine Lampe mit!«
»Aber«, Johannes deutete mit ausgestrecktem Arm auf Josef hin, der noch ohnmächtig zu ihren Füßen lag.
»Komm schon! Der wacht noch lange nicht auf.«
So stapfte nun der Junge hinter dem Alten her, fest die brennende Lampe in seiner Rechten. Er achtete nicht sonderlich auf seinen Weg, nur beharrlich auf die Absätze seines Vordermannes. Nach ungefähr sechzig Schrittlängen erreichten sie die Versperrung; Steine und Eisen, durcheinander aufgetürmt, zwangen sie, stehenzubleiben. Das Eisen gebrochen und gebogen, das Holz zerplittert und gespalten, die Steine – einige von der Größe unförmiger Findlinge – bildeten den Auslauf, das Endstück des Streckenbruches. Und bei längerem Besehen war es, als eröffne sich noch eine Ordnung und ein Quentchen System aus dieser vernichteten Welt.
Johannes überkam eine große Hoffnungslosigkeit. Die verdrängte Angst kehrte wieder, verkrampfte sein Herz; er ahnte, daß nun tagelanges Warten ihr Leben bestimmen würde, daß all dies hier der Tod ist, wenn von außen nicht

rechtzeitig Hilfe kommt. Stünde er allein vor dieser Steinhalde, der zerstörten und lächerlichen Enge, er hätte geweint, geheult, getobt. So aber blickte er auf Stacho, auf diesen großen und kraftstrotzenden Baum, der an seiner Seite wie ein massiger Schatten stand, wie auf die leibhaftige Erlösung. Der Tod stand in den Steinen geschrieben. Johannes wünschte, Stacho könne mit seiner Kraft, mit der Gewalt seiner Hände hier Stein von Stein lösen, mit seinen Händen den Wirrwarr durchbohren und einen Weg schaffen, der in die Freiheit weist. Er blickte nur auf den Alten, in seiner Angst und Ratlosigkeit verharrend, und er fragte, wie vordem schon einmal: »Stacho? Was nun?«

»Was nun! Nichts! – Mein lieber Mann, wir müssen warten, warten, bis sie uns rausholen. Ja bis sie kommen und sagen: bitte schön, der Weg ist frei; was starrt ihr noch Löcher in die Steine?«

Johannes hatte keine andere Antwort erwartet, aber er entsetzte sich doch, weil er in seiner Unvernunft und Unerfahrenheit angenommen hatte, sie könnten von hier aus den Steinberg abräumen.

»Wir können überhaupt nichts machen? – Stacho!«

»Natürlich können wir: warten!«

»Aber . . . ist es nicht möglich, wenn wir hier anfangen die Steine aufzuräumen . . .«

»Halt deine Klappe! Du bist ein Narr! Ein Kind! Ich habe dir eben gesagt, was wir tun müssen: warten!«

»Und wie lange warten?«

»Mensch, bin ich Jesus?«

Die Luttenführung lag zerschlagen in der Bahn, die Luftleitung – nun ohne Leben – räkelte verstümmelte Eisenteile aus dem Stein.

»Der Heinisch, der arme Kerl liegt nun da drunter. Hätte auch einen besseren Tod verdient, wäre bestimmt lieber im Bett gestorben. War anständig. Wenn ich auch manchmal Krach mit ihm hatte. War ein Kumpel mit Brustscheinwerfer.«

Stacho stieg – nur für sich hatte er gesprochen – auf einen tonnenschweren Stein vor seinen Füßen und betrachtete wenige Minuten schweigend, aber eingehend, den Abriß in der Firste.

»War viel zu schade für die Zeche, zu nachgiebig, nahm sich alles zu Herzen; darf man unter Tage nicht, man muß ein großes Wort führen und denken: Rutsch mir den Buckel runter. Anders kann man hier unten nicht existieren. Deshalb ist er nichts geworden. Umgekommen ist er.«

Er stieg vom Stein, nahm Johannes beim Arm und ging mit ihm vor Ort.

»Komm! Habe ja nun gesehn was los ist, mehr wollte ich nicht. Ein gottverdammter Schiet ist das, sage ich dir, und ich könnte mich ohrfeigen, daß ich nicht früher . . .« Er blieb stehen und hustete minutenlang.

Wieder stapfte Johannes hinter dem Alten her, und am Ort angelangt, blickten sie in Josefs offene Augen, der nun aus seiner Ohnmacht erwacht war und ihnen schwach entgegenlächelte.

Sogleich kniete Stacho neben ihm nieder, legte behutsam seine rechte Hand auf die Stirn des Verletzten, fragte: »Hast du Schmerzen?«

»Was war los, Stacho, ein Bruch? Verdammt, ich kann mich erinnern. War ein ganz schöner Spektakel . . . ist's viel?«

»Mach dir keine Sorgen. Wenn erst Bollmann mit seinen Leuten an der Arbeit ist, sind wir in vierundzwanzig Stunden über Tage.«

Johannes verstand nicht viel von bergmännischen Dingen, aber ihm war klar, daß Stacho log.

In zwei Tagen vielleicht, oder, was Gott verhüten möchte, in drei, niemals aber zum morgigen Tag. An Wunder zu glauben war nicht die Zeit und nicht der Platz. Trotzdem freute sich Johannes über die Lüge des Alten, ein unbändiges Glücksgefühl machte ihn froher, und am liebsten hätte er Stacho die Hand gedrückt.

»Ja, Sepp, Stacho hat recht. Wird nicht lange dauern«, sagte

Johannes, nur um etwas zu sagen.
»Was verstehst du schon davon«, erwiderte der Angesprochene, und er lächelte noch immer.
»Na, erlaube mal: Du bist auch nur ein paar Jahre älter als ich.«
»Ein paar? – Ich dachte, tausend Jahre. Ja tausend.«
Nun warf er seinen Kopf unter Stachos kraftvoller Hand hin und her; das Lächeln war verschwunden.
»Gib mir zu trinken, Stacho. Ich habe einen unbeschreiblichen Durst.« Hubalek zögerte lange, und erst als er den verlangenden Augen nicht mehr widerstehen konnte, holte er die Flasche.
»Sepp! Nur einen Schluck! Hörst du?! Behalte den Kaffee lange im Mund, du hast in Wirklichkeit keinen Durst, nur der verdammte Staub trocknet den Mund aus. – Schlucke langsam runter.«
»Warum diese Vorsicht, Stacho?« fragte Josef, und er trank hastig und viel, »wenn wir morgen schon rauskommen. Laß mich saufen, laß mich saufen!«
»Nein!« Stacho schrie es. Er entwand ihm die Flasche.
»Ja mein Alter, ist doch ein ganz schönes Brüchlein, nicht wahr? Sitzen schön in der Tinte.«
»Genau weiß man nichts, kann auch übermorgen werden, du weißt selbst, wie das ist.«
»Natürlich. Ach Stacho, ich glaube dir alles. Du bist ein zu großer Gauner, dir kann man nicht mißtrauen.«
Er stöhnte.
»Warte, Sepp, wir machen dir ein besseres Lager. Warte.«
Er nahm den luftleeren Preßlufthammer – alles andere Gezähe lag unter dem Bruch verschüttet –, löste den angeschraubten Schlauch und hieb dann mit all seiner Kraft in die Kohle, in den schwarzen und glänzenden Streifen zwischen dem grünlich schimmernden Gestein. Es lösten sich Brocken für Brocken, Scheiben und Gekörn, und dann blickte er auf, verhielt einige Sekunden, sah Johannes grimmig an, der seinem Tun verständnislos gefolgt war.

»Mensch, Hannes! Steh nicht herum und halte Maulaffen feil, trag die Kohle dorthin, stampf sie klein!«
Aufgeschreckt aus seinen Gedanken, tat der Junge, was ihm befohlen wurde, er holte die Kohlenstücke zusammen, legte sie nebeneinander und stampfte dann mit seinen Füßen darauf herum. Die Brocken wurden körnig, das Gekörn mehlig. Nachdem Stacho genügend Kohle aus dem Flöz gelöst hatte, half er mit, die Stücke zu zerkörnern, und anschließend formte er mit Händen und Füßen eine Höhlung, in die sie dann gemeinsam und mit viel Mühe Josef legten.
»Liegst du gut so?«
»Ja, Stacho, sehr gut, Vergelt's Gott.« – Josef schlief sofort ein.
»Wie ist's? Wir müssen uns auch ein Lager richten, schließlich brauchen wir auch Schlaf. – Wie spät ist es eigentlich?«
»Fünf Uhr.«
»Was? Schon so spät? Mein Lieber, wie die Zeit vergeht. Weißt du, mir ist es nicht um mich oder dich, um den hier geht es mir, der braucht einen Arzt. Bald.«
Da unterbrach er jäh das Kohlebrechen – denn er hatte sich aufgemacht, die nötige Menge aus dem Flöz zu lösen, die für zwei weitere Liegestellen nötig wurde, und wütete Johannes an: »Du Rindvieh, du saudummes Rindvieh! Warum wirst du nicht Arzt? Hier könntest du schon helfen, verbinden und Schmerzen lindern. Aber so? Bibelsprüche behalte ja für dich! Damit ist nicht geholfen. Ich kann mehr tun als du studierter Laffe. Verdammte Kotze, daß uns das passieren muß, gleich nach den Feiertagen. Ich könnte aus der Haut fahren.«
Wieder wandte er sich dem Flöz zu, brach Stück für Stück aus dem aufglänzenden Streifen und schleuderte das Ausgeschälte mit den Füßen vor Johannes hin.
»Ich kann einfach Willy nicht verstehn, wie er es zugeben konnte, daß sein Einziger Pfaffe wird. An dem Tag muß er Mattscheibe gehabt haben. Ist mir anders nicht verständlich.

Aber vielleicht hat er das nötig. Ein kleines Häuschen versoff er schon. Nun braucht er einen Fürbitter bei dem da oben, damit es ihm nicht zu dick angekreidet wird. Blöde Menschen gibt es. Du mußt doch einsehen, wärst du Medizinstudent, könntest du Josef helfen. Du wärst dazu in der Lage. Aber so? Verdammter Schiet.«
Johannes schwieg. Was hätte er sagen sollen? Auch ein Arzt wäre hier machtlos; auch Ärzte sind auf Hilfsmittel angewiesen. Hier aber gab es nichts außer Dreck, schlechter Luft und dem Grauen, das aus allen Winkeln grinste. Hier waren nicht Medikamente, nicht Spritzen, nicht die primitivsten Betäubungsmittel; dieser Ort war bar alles dessen, worauf die Menschheit ihren Stolz setzt. Soviel sah auch sein Verstand: Hier war jegliche Hilfe vergebens. Der Fuß mußte ab, diese zerquetschte Masse. Sicher, wäre ein Arzt bei ihnen, könnte er eine Amputation vornehmen, zur Not ließe sich's tun. Waren sie schon hilflos in ihrem steinernen Pferch, so noch mehr vor dem Schmerz und der Zerschlagenheit des Verletzten. Ihre Liegestätten hatten sie fertig, aus zerkleinerter Kohle ein Bett geschaffen, und Johannes wollte schon niederfallen, seine Müdigkeit ausstrecken – die Überanstrengung lag bleiern in Sinn und Gliedern –, da hinderte in Stacho.
»Nichts da, mein Lieber, jetzt kommt der Moment, wo der Frosch ins Wasser springt: Der Fuß muß unbedingt verbunden werden. Ich habe mich lange dagegen gesträubt; es muß aber sein, und ich sage dir, ich habe die Hosen voll.«
Er entnahm der Gezähkiste eine Blechschachtel, aus der er Verbandspäckchen hervorholte. Dann kniete er zu Josefs Füßen nieder. Johannes setzte die beiden andern, bis jetzt abgeschalteten Lampen herzu, und im Schein des verstärkten Lichtes sah er Stacho an. Ein paar Sekunden überlegte der Alte, wie es zu tun sei, und seine Hände zitterten, sooft er den Schuh faßte. Endlich riß er mit einem Ruck das zerschlissene Leder ab. Der Gepeinigte schrie, irr, mit unmenschlichem Laut; sein Oberkörper bäumte sich auf im

Schmerz, fiel wenige Sekunden später zurück. Wimmernde und zuckende Masse.
»Ruhig, Sepp, ganz ruhig, schön brav jetzt. Gleich ist es vorbei. Alles wird besser. Du wirst keine Schmerzen mehr haben; keine Schmerzen.«
Dabei dachte er an die fehlenden Staketen seines Gartenzaunes und woher er sie ohne Geld nehmen könnte.
Zu Johannes gewandt, der dieser blutigen Arbeit mit Schauder zusah, sagte er: »Ein Glück nur, daß er Fußlappen trägt und nicht Socken, womöglich noch wollne.«
Er löste den Lappen, Zentimeter für Zentimeter, zaghaft, fast scheu. Nach jedem gelösten Stück stöhnte der Verletzte, manchmal schrie er in seiner Qual; Stacho tat mit gleichgültigem Gesicht diese Arbeit, als mache er dies jeden Tag. Der Fußlappen war eine einzige verkrustete Masse aus Blut und Dreck.
»Nein, so geht das nicht, so komme ich nie ans Ziel. Komm, Hannes, hebe das Bein hoch! Aber fix, mein Junge.«
»Warum, was hast du vor?«
»Frag nicht, tu, was ich dir sage, sonst nichts.«
Johannes hob das Bein hoch, umfaßte fest Knie und Unterschenkel und ahnte nicht, was Stacho vorhatte. Johannes hatte kaum das Bein gehoben, da riß der Alte mit beiden Händen – nach links und rechts abwärts – den Lappen vom Fuß. Josef bäumte sich wild auf. Des Alten Kraft zwang ihn flach.
»Hannes! Halte das Bein fest!«
Der Junge umschloß krampfhaft das Bein, an dem der zerquetschte Fuß aus zahllosen Wunden blutete. Eine halbe Minute währte Stachos Kampf mit dem Tobenden, dann fiel Josef in Ohnmacht.
Der Alte ließ ab, öffnete die Verbandspäckchen und umwickelte damit den Fuß, soweit es möglich war. Hernach riß er sein Hemd in Streifen – Johannes umkrallte noch immer das Bein – und wickelte, wie vorher die Binden, die gewonnenen Streifen um den Fuß, endlich noch Johannes' Halstuch

und, als das noch nicht genügte, auch sein Schweißhemd. Der Fuß war jetzt ganz eingebunden, und Stacho war zufrieden mit seinem Werk.
Den Fuß mit dem unförmigen Verband bettete er auf eine allmählich ansteigende Erhöhung, die er mit seinen Händen aus zusammengekratzter Kohle schuf.
»So, das ist geschafft, mehr können wir nicht tun.« Er stand auf, zog an seinen Fingern, bis sie knackten. »Ich bin froh, daß alles überstanden ist. Wir konnten doch allerhand tun.«
Johannes sah, wie dem Alten der Schweiß in kleinen Bächen über das Gesicht rann und wie die Bäche helle Rinnen in die schwarze Haut furchten. Stacho wischte mit den Unterarmen über Stirn und Brauen, langte zur Flasche, setzte an, wollte trinken. Da zögerte er, nahm den Flaschenhals vom Mund und verschraubte seufzend die Öffnung. Er legte die Pulle in den Knüppelverzug zurück, murmelte unverständliche Worte und sagte schließlich: »Mein lieber Mann, alles Schiet! Gottverfluchter Mist.«
»Was hast du? Ist dir nicht gut?«
»Das war wieder eine geistreiche Frage. Gut? – Wie kann es mir in diesem Stinkloch gutgehn? – Komm, wir schlafen.«
»Ich kann nicht schlafen.«
»Rede nicht, du kannst. Alles kann man können, wenn man will. Leg dich lang, du wirst gleich merken, wie hundemüde du in Wirklichkeit bist. Es sind nur die Nerven, die dich bis jetzt wachgehalten haben.«
»Warum hast du nicht getrunken?« Sie lagen ausgestreckt in ihren körnigen Betten.
»Warum wohl nicht! Kann man wissen, was noch kommt? Du vielleicht, du kannst in die Zukunft sehn, du weißt bestimmt, daß nach dem Tode das Leben anfängt. Das weiß ich nicht, deshalb verwahre ich den Kaffee für später.«
»Wie lange wird es dauern?«
»Das weiß ich nicht. Du fragst zuviel, oder ich weiß zuwenig. Übrigens: Du kannst dir selbst einen Reim machen, eine ungefähre Rechnung aufstellen.«

»Rechnung? Ich verstehe nur Bahnhof.«

»Kann ich mir vorstellen, aber wir fahren noch nicht ab. Sieh mal: Der Bruch endet am Anfang der niedrigen Strecke, folglich, der Bruch müßte eine Tiefe von . . . na, sagen wir . . . rund gerechnet, fünfzehn Meter haben.«

»Wenn nicht auf der . . .«

»Ganz recht. Wenn nicht auf der andern Seite auch was runtergekommen ist. Male den Teufel nicht an die Wand, der kommt früh genug.«

»Und ist auf der andern Seite etwas, ich meine . . .«

»Ich weiß nicht. Menschenskind, bin ich allwissend? Hoffentlich ist der Bruch so schmal wie nur möglich.«

»Und wenn sie jetzt daran arbeiten, wieviel schaffen die wohl in einer Schicht?«

»Hm, das ist nicht so leicht zu sagen, das kommt drauf an, wie der Bruch lagert, wie man damit zurande kommt, ob der Stein lebt, ob er in Bewegung gerät bei der Aufwältigung oder tot bleibt. Es ist ja alles irrsinnig verworren. Wir wissen nichts.«

»Schöne Aussichten, da können wir verhungern und verdursten.«

»Wenn's nur das wäre, so schnell verhungert und verdurstet man nämlich nicht. Sicher, mit der Sauferei werden wir unsere Last kriegen. Aber denke nicht daran! Hörst du? Nicht daran denken, immer an etwas anderes!«

»Natürlich. Ich werde immer denken, das Wasser steht mir bis zum Halse.«

»Die Luft macht mir Sorgen, nicht Hunger, nicht Durst. Wir sind auf die Luft angewiesen, die in der Strecke steht, und das ist verflucht wenig. Bald wird es keine Luft mehr sein, nur noch Wetter. Dann Gnade uns Gott, ein lautes Wort, und die Bude explodiert.«

»Wie lange reicht die Luft?«

»Das kannst du dir selbst ausrechnen, du bist doch ein Studierter. – Vierzig Meter ist unser Käfig lang, vier bis fünf Meter breit, zweifünfzig bis drei Meter hoch.«

»Gibt vier- bis fünfhundert Kubikmeter Luft.«
»Na also, dann weißt du doch alles.«
»Wieso? Nichts weiß ich, gar nichts. – Ich weiß nicht, wieviel der Mensch in vierundzwanzig Stunden braucht.«
»Es würde mich interessieren, was man auf einer höheren Schule alles lernt.«
»Es liegt nicht an der Schule, nur an meiner Vergeßlichkeit.«
»Du studierst jetzt den lieben Gott in- und auswendig, von allen Seiten, und sitzt mit ihm auf einer Bank. Hoffentlich vergißt du nicht, daß du ein Mensch bist, nicht den lieben Gott brauchst, sondern Luft.«
»Wie lange können wir deiner Meinung nach mit der vorhandenen Luft auskommen? Stunden? Tage?«
»Laß mich mit deiner Fragerei in Ruhe, ich bin nicht Jesus, ich bin Stacho, verstehst du? Mach dir selbst einen Reim, überlege, vielleicht fällt dir die Schule wieder ein, wüßte nicht, wozu die sonst gut wäre.«
Es war nun volle Nacht. Sie hatten die Lampen ausgedreht und an die Seite gesetzt, um sie schnell bei der Hand zu haben; mit blindem Griff mußte das Licht in dieser Welt greifbar sein. – Schwarz vor den Augen, Stille.
»So ist das auch im Grab, Stacho.«
»Was meinst du?«
»So finster und still wie hier.«
»Blödmann. Nur quasselt da keiner. Ruhe jetzt, ich will schlafen, habe es verdammt nötig.«
Die aufgepeitschten Nerven und die ausgestandene Angst ließen Johannes lange nicht zur Ruhe kommen. Er lag im Kohlenbett und starrte in die Nacht, in dieses unbeschreibliche Nichts, und er hörte mit gespannten Sinnen in das Unnennbare, aus dem nur der zagende Atem Josefs flüsterte. Gleich darauf grunzte Stacho im wohligsten Behagen. Wenig später vernahm er gleichmäßige Atemzüge. Hubalek war eingeschlafen.
Johannes nahm die Uhr aus der Tasche, wickelte sie aus dem alten Tuch, das sie vor Staub und Oxydierung schützte,

blickte lange auf das Zifferblatt, und die Leuchtkraft des Phosphors war so stark, daß er sah: acht Uhr.

Jetzt wollte ich eigentlich mit Renate ins Kino gehn, sie hatte vorgestern so sehr darum gebeten und gesagt, sie wolle bezahlen. Manchmal kann sie großzügig sein. Aber was will ich noch von ihr? Ja, sie ist keine Lisa, keine Frau wie Lisa, nur Mädchen.

Was werden Vater und Mutter jetzt tun? Wird die Angst an ihrem Tische sitzen? Die Zuversicht? Der unerschütterliche Glaube? Der Zorn? Die Verzweiflung? Denkt Lisa an mich? Wie kann sie, weiß doch nichts von den Vorkommnissen. Ich hätte doch einen Weihnachtsgruß schicken sollen ... ach was! Sie will mich nicht mehr sehen. Gut. Also gut. Hahahaha, Weiber. Zum Teufel mit ihnen. Renate? Ist naiv, wird eine gute Hausfrau, womöglich Pfarrfrau, mehr aber auch nicht. Lisa! Mein Gott, welch eine Frau! Ach, sie steht unerreichbar ... Ich soll nicht wieder zurückkommen? Warum? Verdammt, warum? Sie liebt mich doch, hat sie gesagt. Na ja, hat sie gesagt ... was wird nicht alles gesagt. Natürlich, sie hat auch gezeigt, wie lieb sich mich hat, und es lag nur an mir, daß ich das Letzte nie erfuhr. Na also, gehe ich eben nach Münster, da muß ich über kurz oder lang ja doch hin. Bin ich erst hier draußen, schreibe ich ihr einen Brief, der sich gewaschen hat, einen höhnischen, einen gesalzenen. Freu' mich schon drauf. Was man doch alles sagen kann, wie man doch mit Worten mehr quälen kann als mit Marterinstrumenten.

Ich werde ihre Eitelkeit zerpflücken, werde sie zum Weinen bringen, werde es dazu bringen, daß sie sich windet in Krämpfen. Elfi, das kleine Biest, das verzogene, wird meinen Weihnachtsteller leer essen und mich erst dann wieder herbeisehnen, wenn sie alles aufgegessen hat. Warum nur schafften sich meine Eltern noch ein Kind an, hatten sie nicht genug an mir? Oder war Elfi ungewollt? Stacho schnarcht erbärmlich, wie der Kerl schlafen kann? Jammer, ungewollte Kinder. Bekommt Lisa noch welche? Warum habe ich die Gelegenheit nie gesucht? Jetzt ist es vorbei. Und Renate? Sie heiraten? Werde mir's überlegen, ein Pfarrer kann kein Risiko eingehen. Warum studiere ich ausgerechnet Theologie? Glaube ich wirklich an Gott? Zu jeder Tages- und Nachtzeit und in jeder Situation? Könnte ebenso Archäologie studieren. Kein großer Unterschied. Gott wird uns durch Vorlesungen und Seminararbeiten nicht nähergebracht. Kann's mir ja immer noch überlegen. Nicht durchhalten, welche Schande! Abgebrochenes Theologiestudium hat schlechtes Heilfleisch, warum eigentlich? Wir liegen hier unter der Erde, und die Erde dreht sich, und alles bleibt beim alten, nichts ändert sich, und in 365 Tagen rast die Erde um die Sonne. Es ist erstaunlich, daß durch unser Geschick die Erde nicht stehenbleibt, sondern weiterrast, daß wir nur Spucke sind. Quadratwurzel aus vierundzwanzig? Mattscheibe, bin total plemplem. Mit Hilfe der Algebra ... ach ja, weiß schon, Abend im Heim, Aussprache über ein Buch, muß ein schweinisches gewesen sein. Ja? Der Ephorus saß den ganzen Abend dabei und lächelte, während wir über Für und Wider des Buches stritten. Der Ephorus wollte eine disziplinierte Diskussion leiten, und alles hatte sich über seinem Kopf bewegt. Armer Kerl. Kein Zelot! Aber er denkt nur in gepflügten Feldern, nicht auf Brachen oder Bergen. Kluger Mann, trotzdem. Weiß doch, wie schlecht die Welt ist, will es nicht wahrhaben, trotzdem. Was habe ich Durst. Da drüben liegt die Flasche, könnte sie jetzt aussaufen, aber Stacho würde mich erschlagen. Josef? Ach, der stirbt sowieso, nicht mehr zu helfen. Schade. Ob der Alte mit seiner Rechnung recht behält? Und wenn nicht? Das wäre ja furchtbar, wir würden jämmerlich krepieren. Nein! Nein! neineinneinneinnein ... Ob Lisa mit dem Doktor ...? Na ja, ist schließlich ihr Mann. Der hat nur Schorf und Aussatz im Kopf, diese Hautärzte, diese Ober-Lazarusse, Sauerei. Helfer der Menschheit, lachhaft, alles Beruf, alles Gelderwerb, nichts sonst. Der eine putzt Latrinen, der andre Dreck vom Nächsten. Alles Gelderwerb. Auch Pfarrer? Das wäre

ja furchtbar. Niemand kümmert sich um uns, die Welt rast weiter, auch wenn wir hier ersticken sollten. Das beständige Schauen in die Schwärze hatte Johannes ermüdet. Aus dem Nichts glommen Sterne, Kometen und Lichtnebel, die Augen brannten; er schloß sie, drückte die Lider fest aufeinander, und die Müdigkeit überschattete sein Bewußtsein. Schon halb im Schlaf, sah er Zirruswolken am blassen Blau des Himmels, und er drehte sich auf die andere Seite, träge überlegend, was die milchigen Wolken zu bedeuten hätten, wo es doch seit Tagen schon regnet.
Elender Regen!

Josef erwachte aus seinem Schlaf, in den er abgesunken war, als die tiefe Ohnmacht – vom Schmerz herbeigeholt – schwand und wohliges Vergessen ihn gesegnet hatte. Ein dumpfer Schmerz weckte ihn, ein Schmerz, der von der linken Schläfe zum Hinterkopf zuckte. Nicht die Zeit wußte er und nicht den Ort, wo sein Jammer und seine zerschlagenen Glieder lagen, denn hier gab es weder Zeit noch Ort, hier war ein Nur-noch-Sein, unbeziffert, unbewertet. Nach links tastete er und nach rechts, hoffend, eine Lampe zu greifen. Seine Hand faßte nur in Johannes' Kleider. Er hörte Stachos ruhiges, zeitweilig röchelndes Schnarchen, den rastlosen Atem des Jungen, der noch im Schlaf verriet, welche Angst er ausgestanden, womöglich jetzt in Träumen noch durchlebte. Nachdem Josef ein wenig den Kopf bewegt hatte, zerschnitt ein greller Schmerz sein Denken; dann unterließ er jede Bewegung, lag lieber unbequem. Kohlenstücke drückten ihn an Hals und Schultern. – Wie spät mag es sein? Ist es schon das Morgen oder haben wir noch Heute?
Ach, diese Nacht vor den Augen, die nie zerreißt, dieses verfluchte Dunkel!
Wie spät mag es sein?
Ob die Steine wissen, was Sonne ist, ob die Kohle es weiß? Da las ich doch einmal, Kohle sei materialisierte Sonnen-

energie. Ach was! Unsinn. Der dies schrieb, hat in Wirklichkeit noch nie ein Flöz gesehn, ist bestimmt noch nie durch einen Streb gekrochen.
Wie spät mag es sein? Ist jetzt Heute, Morgen, Übermorgen? So ist das also, lebendig begraben sein: alles hören, nichts sehen – alles wissen, nichts tun können. Und dann erstickt man, wenn der Sauerstoff verbraucht ist. Auch wir werden davon nicht verschont. Todsicher. Oder wir werden vergast, entwickelt erst das Grubengas seine giftigen Kräfte. Wie spät mag es sein? Eigentlich doch gar nicht so übel, das Vergastwerden; man schläft ein, müde und milde, nie mehr ein Aufwachen – keine Schmerzen. Gnädiger Tod, für Bergleute erschaffen, damit sie keine Zeit haben, an Gott zu zweifeln. Wie ausgewogen und gerecht die Welt doch ist, wie human die Spielregeln in Gang gesetzt sind!
Wie spät mag es sein? Ob ich Johannes aufwecken soll? Nein lieber nicht. Der Junge bekommt Angst, sieht er mein schweißbedecktes Gesicht, fühlt er meine frostschlotternden Glieder. Dann ruft er Stacho aus Vergessen und Schlaf, und der Alte lügt mir dann wieder trostreiche Illusionen vor; womöglich zieht sich der Alte aus, nur um meine Gänsehaut zu erwärmen.
Wie spät es wohl ist?
Er verspürte einen unangenehmen Druck auf der Blase und erschrak darüber, weil das Menschliche so außerhalb aller Erwägungen stand. Auch das noch! Ich muß mein Denken wegleiten, dann quält's mich auch nicht mehr.
Wie spät es nur sein mochte? Wie mag der Tag heißen, in dem diese verruchte Stunde liegt?
Die Schiene hätte mein Tod sein können. Wie plötzlich sie herabschlug, da nützt kein Lederhelm, kein Sicherheitsschuh. Wäre der Tod für mich nun besser? Vielleicht bin ich schon tot und weiß es nicht. Der Fuß muß schlimm aussehn, denn immer, wenn es gefährlich ist, lügt Stacho.
Vielleicht muß ich doch einmal, der Druck auf der Blase wird qualvoll, es friert mich hernach auch nicht mehr so

sehr. Wo habe ich nur mein Halstuch, ich muß den Schweiß von den Gliedern reiben, aus den Augenhöhlen wischen, der brennt fürchterlich.
Zum Kuckuck, wie spät ist es denn?
Mit unsäglichen Schmerzen und Mühen wälzte er seinen Körper in eine seitliche Lage; die Zähne knirschten, den Schmerz zu ersticken. Er wollte die Schläfer nicht wecken. Dann urinierte er, und er fühlte sich besser.
Aber nun fand Josef nicht mehr die Kraft, sich rücklings zu legen. Dieses furchtbare, schmerzerfüllte Tun hatte all seine Energie aufgezehrt. Er schlief ein, ohne seine Blöße wieder bedecken zu können.
Wie spät mochte es sein?

Kaum war Josef, von Schauern und Schmerzen getrieben, in den erlösenden Schlummer gesunken, in einen ohnmächtigen Schlaf gefallen, erwachte Johannes. Töricht sah er in das Nichts. Das Dunkel trieb die blanke Furcht in ihn, denn nicht die schwärzeste Erdennacht kann solchem Nichts nahekommen.
Hier war die Stille und Finsternis in ihrer Absolutheit, bevor der Schöpfer gesprochen: Es werde Licht! Johannes kramte in der Erinnerung, um sich des Gegenwärtigen klar zu werden. So dumpf wie das Dunkel um ihn lag auch sein Denkvermögen, und es dauerte lange, bis er alles zu trennen vermochte. Sobald er aber die Unterscheidungskraft wieder besaß, zitterten die jüngsten Begebnisse lebendig vor seinen Augen. Er fürchtete sich. Ein Würgen klomm in seiner Kehle hoch, und er dachte: Nun ist es aus. Ein Taifun brauste über uns hinweg, eine Welt war aus den Angeln gehoben, Steine, Kohlen, Eisen und Holz zermalmend, Entsetzen, Angst und Tod ausbreitend. Die Zeit hatte aufgehört, ihr Maß war ohne Nutzen für sie.

Ach, daß ich so ein Tor sein mußte, so unbändig dumm, Geld zu verdienen, wo doch meine Zukunft in festen Bah-

nen – wenn auch in dürftigen – einherlief. Aber mehr wollte ich haben. Ich wollte besitzen, um zu genießen.
»Stacho! Sepp! Stacho!« Er schrie die Namen in die Nacht. Hubalek erwachte, dumm und dösig, wie ein vorzeitig gewecktes Kind.
»Was ist? Schon fünf? Frühschicht?«
Unwirsch drehte Johannes das Handlicht an, sah dann im Lichte zu Stacho hin, der halb aufgerichtet vor ihm saß mit erstaunten Blicken die Umgebung abtastete.
»Nun wach doch auf! Wach auf, Stacho!«
Im fahlen Licht erkannten sie ihr Gefängnis, und die Trostlosigkeit nahm wieder Gestalt an durch die Erbärmlichkeit des Verletzten, den Johannes mit seinem Rufen nicht geweckt hatte.
»Verdammt! Ich dachte, meine Frau ruft zur Frühschicht. Wie man im Schlaf so alles vergessen kann; mehr müßte man schlafen . . . immer mehr . . . nur schlafen . . . ach.«
Der Alte rieb den Schlaf aus den Augen und blickte den Jungen an. Es war, als besänne er sich auf längst vergessene Erscheinungen, und doch wollte er seiner Umwelt nicht glauben.
»Ja ja, so ist das also. Ja ja. Verfluchte Geschichte das. Unser Leben ist keinen Pfifferling mehr wert. Hast du das kapiert? Da schuftet man, werkt und plagt sich ein Leben lang. Und das Ergebnis? Langsames Verrecken. Ach Schiet! Schau nach der Uhr!«
»Hab schon. Halb neun.«
»Waaas? Über zwölf Stunden geschlafen? Schönes Bett so ein Kohlenlager. Schlafen müßte man können, immer schlafen, schlafen.«
Und er dachte an die fehlenden Staketen seines defekten Gartenzaunes.
»Du, Stacho, ich muß dich etwas fragen.«
»Was ist? Laß mich in Ruhe, deine Fragerei ist mir zuwider.«
»Wenn da vorne, am Bruchanfang, gearbeitet wird, ja, dann müßte man doch was hören, einen Ton wenigstens.«

»Natürlich! Müßte man. Ich höre auch was.«
»Was? Waa ... aa ... s? Du hörst? Du hörst?! Stacho!«
Ein Aufschrei.

Der Alte stand auf und legte die Hand an die Rohrleitung, wenig später sein Ohr; so lauschte er eine geraume Weile. Dann wandte er sich um und winkte Johannes herbei. »Hör selbst!«
Johannes lauschte. Kein Zweifel! Jenseits des Bruches emsige Tätigkeit; aus der Geräuschfülle erkannten die beiden Männer, was in jener anderen Welt zu ihrer Errettung in Szene gesetzt worden war. Zwar schwach nur die Geräusche, bei längerem Hinhören jedoch klar unterscheidbar das Brummen der Preßlufthämmer, dann das Niederfallen schwerer Teile, Gezähstücke oder Steine oder Ausbaumaterial.
»Gott sei Dank! Sie arbeiten, sie arbeiten, sie wühlen, sie holen uns, sie quälen sich, sie holen uns, sie arbeiten!« Johannes schrie, wild gestikulierend. Es war ihm plötzlich als sei er aufgehoben worden aus dem Nichts, das Verdammnis und Verzweiflung heißt, und er fühlte, die aufgehende Sonne verbrenne die Verzagtheit der Nacht, belebe die Seele neu.
»Mensch, Stacho! Sie arbeiten! Sie arbeiten!« So stark hatte ihn die Erkenntnis berührt, daß er tänzelnd zwischen den Schienen lief.
»Sei endlich still, du Trottel. Hast du geglaubt, sie stehen davor und schauen die lieben kleinen Steinchen an? Und denken dabei, wie gut wir es doch haben. Die arbeiten schon seit gestern, seit der Bruch niederging. – Verstehst du?«
»Ja, Stacho, schön ist das, schön, so schön! Und weißt du, wir können an Geräuschen und am Rohr feststellen, wie sie näher kommen. Legt man das Ohr auf eine Eisenbahnschiene, hört man den Zug, wie er näher kommt; so ist das hier. – Wie ich mich freue!« Johannes ging zu seinem Rock, nahm aus den Taschen die restlichen Butterbrote und die Kaffeeflasche, setzte sich auf eine leere Kiste und machte sich

daran, das Papier vom Brot zu lösen.
Stacho sah im verblüfft zu.
»Was soll das jetzt?«
»Du siehst doch, ich habe Hunger, ich esse!«
»Ach nein, tatsächlich? – Du machst mir Spaß. Ich nämlich nicht, der arme Teufel zu unsern Füßen auch nicht.« Mit einem Ruck entriß er Johannes Brot und Flasche und schrie: »Und du auch nicht, hörst du! Du auch nicht! Einen Tag ohne Fressen wirst du wohl auskommen.«
Zuerst war Johannes verdutzt, dann empörte er sich.
»Na erlaube mal, schließlich . . .«
»Nichts erlaube ich! Verstanden? Hier wird gehorcht, der befiehlt, bin ich! Ihr Pfaffen müßt euch immer den Bauch vollschlagen. Darum laufen die meisten mit einem Vollmondgesicht herum.« Johannes hörte aus Stachos Worten nur nackte Häßlichkeit.
»Nun halte für einen Moment die Luft an. Du solltest überlegen, was du sagst . . .«
»Und du halte endlich deine Schnauze.« Er trat vor Johannes mit erhobenen Fäusten. »Du bist hier nicht auf der Kanzel, nicht in Bonn, nicht im Hörsaal. Du bist hier unter der verfluchten Erde – wir sind die Verfluchten. Hast du mit deinem Spatzenhirn noch nicht erfaßt, was hier gespielt wird? Ja, du hörst sie arbeiten, näher kommen, uns zu befreien. Du krumme Dämlichkeit! Solche Geräusche hört man in der Grube, wenn alles ruhig ist, unter gewissen Umständen Hunderte von Metern. Ist dir das noch nicht aufgegangen? Du hörst, das Ohr auf den Schienen, den Zug näher kommen, du hörst am Rohr, wie die Arbeiter näher kommen. – Du hörst den Zug kommen! Aber plötzlich hörst du nichts mehr, weil er nicht kommt, weil er unterwegs eingeschneit oder versoffen ist. Ja ja, du Kind, du bist so dumm wie meine Sau im Stall!«
»Stacho! Nicht.«
In ihrer Erregung hatten sie Josef vergessen, erst die leise gerufenen, an Stacho gerichteten Worte erinnerten sie wie-

der an seine Existenz, und sofort kniete Stacho nieder und sah in die glänzenden Augen des andern.
»Du hast ja Fieber. Verdammter Mist. Auch noch Fieber!«
Er zog seine Jacke aus und breitete sie über Kießlings Oberkörper. Johannes zog ebenfalls seinen Rock aus, gab ihn Stacho. Der Alte nahm ihn wortlos, warf ihn über seinen bereits ausgebreiteten, nahm ihn wieder weg und bedeckte den Unterleib des Verletzten.
»So, das wird besser sein. Wenn du noch frierst, dann bauen wir dich mit Kohlen ein. – Hast du Durst?«
Josef nickte, und der Alte winkte Johannes mit den Augen zu, daß er die Flasche brächte; der Schmerzgepeinigte durfte nun trinken. Mit ein paar Zügen leerte er die Flasche bis zum letzten Tropfen, und als nichts mehr herausfloß, beleckte er gierig und schmatzend den Flaschenhals.
»Willst du noch mehr?« Wir haben noch.«
Josef wehrte ab, aber er wies auf Johannes, damit Stacho dem Jungen auch etwas gäbe.
»Soll warten!«
Sie saßen auf einem Holzstempel zu Josefs Füßen – das Licht einen Meter abseits, damit es die Augen nicht blende – und Stacho schnupfte.
»Solange ich noch Schnupftabak, habe, solange geht's mir gut.« Wieder nahm er eine Prise, wartete ein paar Sekunden, schneuzte sich durch die Finger.
»Du hast aber auch alle Laster«, keuchte Josef.
»Besser als gar nichts, mein Lieber.« Stacho knurrte.
Josef lachte.
»Warum lachst du?« Der Alte war ungehalten.
»Ach, nur so. Mir fiel da was Komisches ein.«
»Und?«
»Ich dachte eben, wir stünden am Tresen in der Linde.«
»Ein Arzt wäre besser für dich.«
»Kann schon sein«, sagte Josef. Aber er sprach zur Steinwand.
Mir fehlen am Zaun ein paar Staketen, wenn ich nur wüßte,

woher ich die nehmen könnte, ohne Geld, versteht sich. Josef lachte wieder, und mitten in dieser erzwungenen Heiterkeit stöhnte er auf: dieses Zucken vom Hinterkopf zur Schläfe, dieser wahnsinnige Schmerz.
»Was ist?« rief Stacho.
»Nichts! Nichts, macht euch keine Sorgen.«
Er macht's nicht mehr lange, dachte Johannes; er wird vor unseren Augen sterben, wir werden dabeistehn und blöde zusehn – oder uns abwenden, weil es uns nichts angeht. Er wird sterben, so wie ein Tier verendet. Erbärmlich, nirgends Geborgenheit. Wo soll man sich festhalten? An Stacho? Er ist stark, sicher, aber er wird brutal werden. Er geht über Leichen. Beten müßte ich jetzt, beten, beten. Beten! Blödsinn! Lachen mich nur aus. Könnte ich ein Gebet sprechen? – Nein, wirklich nicht. Nur Worte der Verbitterung und des Zweifels. Ich fürchte mich vor dem Tod. Verdammt, Zigaretten müßte man haben, eine Frau – Lisa? Nein, andere! Dem Alten läuft der braune Seiber aus. Spuckt drei Meter weit. Braunes Pulver hängt unter der Nase. Ekliger Kerl. Schmatzt wie zwanzig Säue am Futtertrog. Wir sollten jetzt ein Lied singen. Was? Ja was! – Zehn kleine Negerlein? Wäre das richtige Lied. Könnten singen, bis drei übrigbleiben. – Drei arme Negerlein, die lagen in der Scheiß . . . reimt sich nicht . . . drei arme Negerlein, die lagen in der Schei, da hat das eine der Teufel geholt, dann waren es nur noch zwei. Gut! Weiter! Zwei kleine Negerlein, die pfiffen aus dem letzten Loch, da wurde eines umgepfiffen . . . reimt sich nicht. Weiter! Hunger, Hunger habe ich, Durst, wie es in meinem Mund brennt, Feuer! Alles nur Dreck.
»Stacho, Hunger und Durst«, mahnte Johannes wieder. Der Alte sah den Jungen böse an, lächelte böse. Eine Weile war es zwischen ihnen stumm, dann sagte er, und es war wie ein Knurren: »Höre mal schön zu, mein Lieber: Hier windet sich einer, denkt nicht an Fraß, nicht an Suff, nicht an seinen Bauch, nicht mal an seinen Fuß. Du denkst an deinen Bauch, der noch voll Feiertagskuchen sein müßte, und die halbe

Gans, die du gefressen hast, liegt auch noch in deinen Därmen; wo kommt bloß dein Hunger her? Ich habe eine Rechnung aufgestellt, selbstverständlich braucht sie nicht bezahlt zu werden ... also ... folgendermaßen: Bollmann braucht mit seinen Leuten zwölf Schichten, sind vier Tage. Wenn du die Flasche leersäufst und alles auffrißt, gehst du drei Tage leer aus. Wartest du noch einen Tag ab, ist die Wartezeit auf Brot und Wasser kürzer, und du kannst es leichter tragen. – Kapito?«

»Hört sich gut an, du sagst es ja auch sehr überzeugend.«

Er dachte: nur Seiber und Schnupftabak hat er im Gesicht. Ich könnte ihm an die Gurgel springen. Wie schweinisch er aussieht.

»Wir werden in ein paar Stunden, bevor wir uns schlafen legen, doch etwas essen, mein Lieber. Du bist hier die größte Sorge, mein Lieber, weil du dich nicht beherrschen kannst. Nimm dir ein Beispiel an Josef, du kommender Seelsorger. Hahahaha! Das ist mein bester Witz seit Jahren. Warte!«

»Ist gut, Stacho.«

»Na also, vernünftig. Warum nicht gleich so.«

»Glaubst du wirklich an zwölf Schichten, an vier Tage? Nein, du glaubst es nicht, du sagst es nur so.«

Josef lächelte, als er dies sagte, und Stacho wurde es unbehaglich. Nicht, weil er die gefüllten Tonnenwagen abtastete. Nicht, weil er die Gefährten belog – und er wußte, daß keiner seiner Rechnung glauben würde – das Lächeln aus den schmerzversteinerten Zügen schaffte ihm fast körperliche Pein.

»Ja, Sepp, man muß wohl Rechnungen aufstellen, sonst wird man dösig. Es ist natürlich eine Wahrscheinlichkeitsrechnung. Ich glaube sogar, daß weniger Zeit nötig sein wird. Heutzutage hat man doch genug Mittel, um einen Bruch aufzuwältigen. Es muß auch schneller gehen, weil du einen Arzt brauchst.«

Einen Arzt braucht er, und ich Staketen, dachte er.

»Deine Rechnung solltest du nicht von einem Arzt abhängig

machen. Es könnte sein, daß ich überhaupt keinen Arzt brauche. Was dann? Deine Rechnung ist Unfug. Was wir brauchen, ist frische Luft, Wasser, Sonne – ach, was weiß ich noch. Ein Arzt ist völlig überflüssig. Ein Faß Bier ist nötiger.«

Nach Sekunden des Schweigens: »So arg sind meine Schmerzen nun auch wieder nicht.«

Josef sah seine Kameraden an, stumm, forschend.

»Kommt«, sagte er wieder, »vertreiben wir uns die Zeit. Lösch das Licht aus, wir machen ein Ratespiel. Als wir klein waren, haben wir das stundenlang mit Begeisterung gespielt, warum jetzt nicht? Das gibt Spaß, bestimmt.«

Johannes schaltete die Lampe ab und sagte: »Also dann: schieß los!«

»Paßt auf! Erste Frage: Ich sehe was, was du nicht siehst – das ist schwarz.«

Josef und Johannes lachten, Stacho brummte verärgert vor sich hin.

»Was hast du, Stacho? Gefällt es dir nicht?«

»Hast du nichts anderes auf Lager? Du machst mir Spaß, wir können hundert Tage suchen und kommen nie darauf. – So ein Quatsch!«

Stacho drehte wieder die Lampe an.

»Paß auf, Sepp! Jetzt frage ich! – Ich sehe was, was du nicht siehst, und das wird schwarz.«

»Laß doch den Hannes zufrieden, er hat es am schwersten.«

»So? Hat er? Er wird Erfahrungen sammeln fürs Leben, wie man so sagt, und für die Rückkehr nach Bonn; dort erzählt der Schweinepriester dann die schauderhaftesten Märchen und läßt sich womöglich als Held feiern. Übrigens: warum hat er's schwerer als wir. Hat eine halbe Gans im Magen. Bei mir gab es zu Weihnachten nur Kalbsbraten, ihr Kalbsköpfe.«

Er grinste böse, stand auf, breitete die Arme aus und rief: »Lieber Gott, bis hierher hast du uns gebracht. Danke schön.« Er verneigte sich vor dem Kohlenstoß und schrie:

»Mein Lieber! Lieber Gott, ich danke dir von Herzen! Ich danke dir! Hahahahaha!«
Der Junge betrachtete den Alten, und als dieser aufgehört hatte mit seinem Gelächter, nahm Johannes das Licht, lief in die Strecke hinein. Johannes lief schnell zu der Stelle, die ihnen Anfang und Ende aller Kümmernisse geworden war. Dort hörte er deutlich, ohne die Hand oder das Ohr auf die Luftleitung zu legen, wie jenseits des Steinmeeres gearbeitet wurde. Ganz deutlich vernahm er das Brummen eines Preßlufthammers. Oft brummten zwei. Das emsige Treiben ahnte er nur. Da seine Unkenntnis schwerer wog als seine Phantasie, glaubte er, mit jedem Schlag rücke das Leben da draußen näher. Nichts wußte er von den Tücken der Erde.
Ein Steinhaufen wurde weggeladen, ein Ausbau gesetzt, ein neuer Abschlag begonnen; kaum war Raum geschaffen, floß beidseitig und von oben wieder der Stein, menschlicher Kraft spottend. Wie eine gewaltige Steinlawine neues Leben und neue Tätigkeit in der erstarrten Ablagerung weckt, bleibt auch der gebrochene Berg nur ruhig, wenn man ihn in Ruhe läßt.
Die Männer der anderen Seite führten einen erbitterten und kräfteraubenden Kampf mit dem Moloch Stein, und wie Maulwürfe wühlten sie sich Zentimeter für Zentimeter in das Kompakte und Trügerische hinein. Angetrieben von der Aufsicht, unter den Augen der zeitweilig anwesenden Vertreter des Bergamtes, angetrieben von der donnernden Stimme des Inspektors oder des Betriebsführers, klebten sie am Stein, schweißgebadet am graugrünen Schiefer, und ehe sie ermatteten oder die Erschöpfung sie niederwarf, stand die Ablösung da, weiß im Gesicht, ausgeruht. Die frischen Männer nahmen den Müden das Gezähe aus der Hand, führten fort, was längst begonnen war und weiterhin getan werden mußte: Schaufeln und den Hammer führen, Wagen laden und Ausbaue setzen. Fluchen und Bitten. So vollzog sich Ablösung für Ablösung.
Von all diesen Dingen wußte Johannes nichts, er ahnte nur

das stille und verbissene Ringen der Männer, die von dem Gedanken vorwärtsgetrieben wurden, ihresgleichen dem Berge zu entreißen.
Er wußte nichts von den Männern, die nicht an Belohnung dachten, die nur von der Frage besessen waren, wie breit der Bruch seine Lagerung strecke.
Dann setzte Johannes sich auf einen Stein und stierte lange Zeit in die Zerstörung. Minuten vergingen, Ewigkeiten.
»Gleich fangen die Steine an zu reden.«

Johannes hatte Stacho nicht kommen gehört. Er erschrak, als er die Stimme des Alten hörte. Ohne Licht, nur die zurückgelassene Lampe als Leitpunkt, war Stacho vom Ort weggegangen, um Johannes aufzusuchen.
»Kannst du die Steine wegpusten?« fragte Stacho. Dann spie er seinen Priem aus.
»Ich wollte allein sein.«
»Mach dich nicht selbst verrückt, plemplem sind wir alle. – Verdammt, der Priem schmeckt auch nicht mehr. So ist das also: Geht es uns gut, reden die andern Banausen von Spitzenverdiensten, verreckst du im Loch, haben sie ein paar mitleidige Worte und dann das Vergessen. Ist nicht so einfach, das Geldverdienen, als Kumpel schon gar nicht. Und da gibt es Leute, die setzen ihre Unterschrift auf einen Fetzen Papier und haben in dieser Viertelminute mehr verdient als wir im ganzen Monat. Ihre ganze Arbeit am Tag ist ein Namenszug. Wenn ich mich da hineindenke und mir das illustriert vorstelle, bekomme ich Schreikrämpfe.«
Johannes schwieg. Er kannte die Verbitterung des Alten zur Genüge, den Zorn auf Gebildete und Besitzende, die ihr Geld leichter verdienen. Für Stacho war Arbeit Schweiß: Schweißgesicht = Arbeitsgesicht, trockenes Gesicht = Faulenzergesicht. Es war ihm unverständlich, wie Menschen sich Arbeiter schimpfen ließen, die zu Hause saßen, eine Predigt ausarbeiteten, am Reißbrett saßen, verwirrende Striche zogen, an den Schreibmaschinen saßen, Buchstaben

tippten. Sicher, er leugnete nicht die Notwendigkeit solcher Verrichtungen, hatte dafür andere Namen – viele Namen. Aber Arbeit war es nicht. –

»Stacho, eben habe ich mir ausgemalt, wie das wäre, wenn aus dem Rohr Wasser käme!«

»Ganz gut. Aber Bier wäre besser.«

Stacho las eine Spitze von der Sohle auf und drückte sie Johannes in die Hand.

»Was soll das? Ich brauche kein Holz.«

»Doch. Klopf an den Stein!«

»Warum?«

»Damit Wasser rauskommt, du Esel. Moses hat das auch gemacht, oder? So klopf doch!«

Er lachte über seine Worte, nahm dann aber die Lampe und kehrte zum Ort zurück.

»Komm! Du bist imstande und probierst es tatsächlich aus, bei dir muß man vorsichtig sein. Stell dir vor, da käme wirklich Wasser raus! Dann würden wir versaufen. Egal: Versaufen oder ersticken. Daß es vor fünftausend Jahren anders war, möglich. Aber ich glaube es nicht, damals haben sich die Menschen noch mehr gequält als heute, und jeden Tag ist nicht Manna vom Himmel gekommen.«

Am Ort setzte der Alte Johannes die Frage vor, aber er sah dabei zerstreut zum Hangenden, als erwarte er keine Antwort.

»Kannst du mir sagen, wie wir hier herauskommen? Ohne Warten? Kannst du das sagen? Mit Gottes Hilfe bestimmt nicht.«

Sie hockten wieder auf dem Holzstempel zu Josefs Füßen, und der Verletzte versuchte sie anzulächeln, aber es war ihm unmöglich, seine Schmerzen zu verbergen. »Laß das Grinsen sein, laß das gefälligst. Meinetwegen heule, tobe oder schrei! Aber grinse nicht! Das macht mich wahnsinnig.«

Stille wieder. Das Lächeln vertiefte in Josefs Gesicht die Falten, die vom Schmerz schon gefurcht waren.

»Wir wollen beten.«

Anfangs sah Stacho nicht auf, und erst als Johannes sein »Wir wollen beten« wiederholte, sah Hubalek den Jungen an, als säße da ein Fabeltier, das noch in keinem Buch geschildert wurde.
Er fragte leise, doch scharf: »Was hast du gesagt? Meinst du mich, meinst du uns?«
»Natürlich. Du hast mich gefragt, wie wir aus dem Schlamassel kommen!«
»Beten! Beten! Beten also. – Sosososo. Jajaja. – Ich werde verrückt vor Freude. Ein wunderbar bequemer Weg! Meine Oma bekommt Junge, er betet, hahaha. So was ist mir noch nicht passiert, und ich hätte es nie für möglich gehalten, daß Menschen, die aus der Scheiße raus wollen, beten, daß die wirklich existieren. Nein! So was! Und das muß mir passieren. Wir warten uns die Seele aus dem Leib, er betet, der Sauerstoff wird weniger, er betet. Hahahaha! Nun werde ich wirklich verrückt! Sepp? Sepp, hör doch, gleich betet unser Benjamin, dann kommt der liebe Gott, nimmt schön Händchen und führt uns raus.«
Der Alte lachte, erst lautlos in sich hinein, dann aber steigerte sich seine Heiterkeit zu unbändigem Gebrüll. Minuten später erst beruhigte er sich und sagte zu Josef: »Die Welt geht unter, er betet, wir verrecken wie die Maus in der Falle, er betet. Ach, hol der Teufel euch scheinheiliges Geschmeiß!«
Er lief nervös hin und her, dann die wenigen Meter zum Ort. »Mensch! Hannes! Immer habe ich dich für einen vernünftigen Menschen gehalten, jetzt muß ich sehn, wie blöde du in Wirklichkeit bist. Du hast einen Dachschaden. Haben ja rundweg alle eine Verrenkung im Kopf, deinesgleichen.«
Mit seinen Händen brach er nun Kohlenstücke aus dem Flöz, zerbröckelte sie in seinen Händen und ließ das Gekörn durch die Finger auf die Ladeplatte niederfallen. Fortwährend murmelte er Unverständliches, zuweilen lachte er auch, kurz und krächzend. Josef aber sah Johannes an. Er wollte reden; doch kaum hatte er die Lippen bewegt, verstummte

er wieder. Stacho blieb vor Johannes stehen, hob die Lampe und besah schweigend die weit aufgerissenen Augen des Jungen. Ruhig war sein Reden: »Junge, wenn die uns nicht rausholen, die am Bruch arbeiten, dann holt uns keiner raus, und wir gehen holdrio verflucht ins Haferstroh. Verstehst du? Und wenn du glaubst, dein Gott könnte das, dann schneidest du dich gewaltig in den Finger, auf Unsichtbare verlaß ich mich nicht. Ich habe so meine Erfahrungen. Die am Bruch arbeiten, die sind jetzt deine Götter, und die heißen nicht Herr, die heißen Robert, Emil, August, Otto, Wilhelm, was weiß ich.«

Dann schrie er, während er die Lampe fortwarf und die Fäuste ballte: »Ja glaubst du denn wirklich, was du sagst?«

»Natürlich.«

Stachos Worte waren wild und ungebärdig. Aber Johannes' Antwort kam leise. Es war, als knicke der Alte zusammen. Er entgegnete nichts. Müde ließ er sich in sein Kohlenbett gleiten, und es folgte eine fürchterliche Stille. Endlich sagte Stacho: »Rutscht mir kreuzweis den Buckel runter, kreuzweis, sage ich.«

Josef, der über alle Stunden hinweg still gewesen war, begann plötzlich aufzustöhnen, und das war das Bittere in ihrer ohnehin schlimmen Lage, daß sie Josef nicht helfen konnten.

Stachos und Johannes' Flaschen waren leer, nicht ein Tropfen konnte noch daraus gequetscht werden; nur Kießlings Flasche war noch voll, sie hatte seit Schichtbeginn unberührt im Knüppelverzug gelegen. Eine Zweiliterflasche aus Kunststoff, der Inhalt nicht Tee oder Kaffee, nur gewöhnliches Leitungswasser, denn Kießling wohnte in einem Ledigenheim, und er nahm sich morgens nie Zeit, irgendein Gebräu zu kochen.

Diese Ledigenheime, nach dem Kriege von den Zechen errichtet – Neubauten oder Altbauten, den Anforderungen entsprechend umgebaut – dienten dazu, den Strom der Arbeiter aus den verschiedensten Gegenden aufzufangen, den Arbeitern ein Dach über den Kopf zu geben, ein Bett für ihre Müdigkeit. Angenehm waren diese Heime nicht. Gerade die mustergültigen waren unbequemer als diejenigen, in denen nicht so sehr auf Ordnung, Ruhe und Sauberkeit geachtet wurde. Vier Männer bewohnten gemeinsam eine Stube, die gerade groß genug war, vier Betten, vier Schränke, vier Stühle und einen Tisch aufzunehmen. Nie kehrte Ruhe ein in diese Zimmer, denn jeder der vier hatte meist eine andere Schicht. Legte der Frühschichtler sich abends um neun Uhr zu Bett und war er eben eingeschlafen, störte der von der Mittagschicht Heimkehrende seine Ruhe, indem er sein Abendbrot richtete und den Tisch volltrug für seine Junggesellenmahlzeit. Selten geschah dies still und rücksichtsvoll. Der eine las, der andere schlief, einer wollte Licht, ein anderer forderte ein dunkles Zimmer für seinen Schlaf. Einer wollte eine bestimmte Sendung im Rundfunk hören, der Nebenmann brauchte Ruhe für den Brief, den er zu schreiben hatte.

So gab es in diesen Stuben einen ewigen Kampf um die Vorherrschaft, und der setzte sich durch, dessen Fäuste und Muskeln den anderen überlegen waren. Es kam oft zu Schlägereien. In solchen Heimen mußte man seine Persönlichkeit aufgeben; und das in einem Alter, in dem der Egoismus der eigentliche Lebensantrieb ist. Jeder wollte so leben, wie er es gewohnt war.

Für solche Herbergen junger Männer fand man bald ein Wort, das heute noch im örtlichen Sprachgebrauch kursiert: Bullenkloster. Jede Untat, die in der Umgebung geschieht, wird zuallererst den Insassen solcher Heime zugeschoben, denn insgeheim behauptete sich die simple Ansicht, es handle sich hier nur um wurzellose Existenzen und halbe Verbrecher. Kein Wunder, daß die Polizei zu den täglichen Besuchern zählte.

Die Zweiliterflasche, voll bis zum Schlund, genügte Stacho vorerst, denn es war ihm möglich, regelmäßig Josefs Lippen zu benetzen. Die zwei Liter Wasser blieben fortan ihr

Reichtum, ihre einzige Hilfe, und sie konnten es sich ausrechnen, wann es zu Ende war, und daß die beiden Gesunden wenig oder nichts von dem Wasser abbekommen würden.

»Sinkt das Fieber, dann kommt er durch.«

»Falls nicht eine Blutvergiftung dazukommt«, entgegnete Johannes.

»Du malst immer den Teufel an die Wand«, knurrte Stacho, »der kommt früh genug. Der arme Teufel.«

Wieder gab er Josef zu trinken, und er achtete sehr darauf, daß es nicht zuviel wurde.

»Hoffen wir eben, können sonst nichts tun. Vielleicht beeilt sich Bollmann mit seinen Leuten, dann ist für Josef immer noch was drin.«

Da betete plötzlich Johannes.

Stacho überhörte diesmal das Geflüster seines Nebenmannes, das vor ein paar Minuten ihn noch in Raserei versetzt hatte.

»Wenn nur das Fieber sinken möchte«, sagte er, »nur das Fieber. Er hat doch eine robuste Gesundheit. Kommt bestimmt wieder hinauf, wenn wir überhaupt raufkommen.«

Ob Hubalek von seinen Worten überzeugt war, wußte Johannes nicht, aber auch ihm selbst schien ein Durchkommen Kießlings nur noch durch ein Wunder möglich. Andere, unsichtbare Verletzungen bedrohten Josef mehr als der zerquetschte Fuß. Er würde vielleicht noch ein oder zwei Tage durchhalten, aber dann müßten die Retter kommen, wenn noch eine Chance bleiben sollte. Jammerschade, dachte Johannes, der Sepp war kein schlechter Kerl, hätte er in seinem bayerischen Dorf seinerzeit Arbeit gefunden, wäre er nie hier gelandet. Johannes wurde von Hunger und Durst geplagt. Er wollte Stacho an sein Versprechen erinnern, aber er hatte Angst vor neuen Wutausbrüchen des Alten. So schloß er die Augen, um nicht in das Licht und in das schweißbedeckte Gesicht des Arbeitskameraden sehen zu müssen. Stacho sah die Müdigkeit, die Johannes überfallen

hatte, und stieß ihn an. Beinahe wäre der Junge vom Stempel gefallen, auf dem er die ganze Zeit gesessen hatte.
»Geh nun und iß zwei Schnitten!«
Ich sollte es nicht erlauben. Der Hund soll einmal vor mir winseln und sich winden – wie gut mir das täte. Nur einmal, ein einziges Mal! Ich könnte ihn zum Bruch mitnehmen und dort erschlagen. Wer wüßte es? Nur ich. Niemand sonst. Nur hier gibt es den vollkommenen Mord, das perfekte Verbrechen, das unerschütterliche Alibi – Alibi? Schiet! Erschlagen könnte ich ihn, und niemand würde je erfahren, wie es sich zugetragen hat. Ich später auch nicht mehr. Hahaha. Nach Neujahr muß ich den Taubenschlag misten, hätte es schon vor Weihnachten tun sollen, immer kommt etwas dazwischen, oder man ist zu faul oder zu müde. Sind wir erst draußen, sollten mit einem Schlage alle Zechen explodieren, dann hat endlich diese Sklavenarbeit ein Ende. Verdammte Bonzen. Früher hat uns der Staat ausgemistet, heute die Aktionäre, morgen vielleicht wieder der Staat. Mein Gartenzaun. Verdammt, wo nehme ich die fehlenden Staketen her, wo? Vom Nachbarn? Von der Zeche! Die hat ja genug.
»Du kannst auch einen Schluck trinken«, sagte er in Gedanken.
Säuft womöglich die Flasche leer, kann sich nicht beherrschen, der Kerl. Muß aufpassen. Wirtschaftswunder. – Käse. Arbeiter erleben keine Wunder, sie wundern sich nur über die Wunder der andern, und schließlich wird alles Wunder auf unseren Rücken ausgetragen. Wirtschaftlicher Aufstieg? – Käse. Die Kohle ist noch genauso schwarz wie vorher, und in den Streben ist es noch genauso heiß. Russen? Na und? Sollen doch kommen. Für uns Bergleute ist jedes Regime annehmbar, Hauptsache, wir haben unser Geld und unser Recht. Leben wollen wir, einen Garten haben und Ruhe. Gefasel von Freiheit. Die Idioten, als ob unter Tage Freiheit wäre. Ist nur ein Wort für Großverdiener, sprechen von Freiheit und meinen das Geld. Bande. Spekulanten. Warum

trinkt der Kerl nicht, dieser widerliche Kerl. Pfarrer, daß ich nicht lache. Bergmannssohn, will sich über sein eigenes Ich erheben. Warum säuft er nicht? Der Kumpel ist der Arsch der Welt, hat außerdem einen breiten Buckel, auf dem die Dividende ausgehandelt wird. Wenn der Kerl nur nicht so stöhnen wollte, ist ja schauderhaft. Beide könnte ich lächelnd umbringen, sind mir zuwider. Vollkommener Mord, keine Beweise, der Berg ist mein Alibi. Da schweigen alle Flöten. Warum tu ich's nicht? Zu feige? Ich bin nicht feige. Die Luft reicht für mich allein, kann schließlich lange dauern, bis sie kommen. Ich will raus! Auch das Wasser könnte für mich allein reichen. Kann dann getrost warten, warten. Sterben, was für ein Quatsch, kein Mensch will sterben, nicht einmal die Pfaffen, die doch darauf brennen, in die Ewigkeit zu kommen. Wissen auch nichts.
Johannes tat, wie ihm geheißen. Das Brot war ausgetrocknet, die Rinde hart, und der Wurstbelag stank; alles zusammen lag beim Kauen als zähe Masse im Mund. Ekelerregend. An einem Bissen schluckte er lange, und viele Male hustete Johannes Brot und Wurst wieder hoch. In der ausgedörrten Speiseröhre wollte nichts gleiten. Erst beim Essen wurde ihm klar, wie hungrig er war. Stacho stand auf, reichte dem Jungen die Flasche und sagte: »Nur zwei Schluck, nicht mehr. Zum Hinunterspülen wird es reichen; keine Bierschlücke, mein Lieber! Denk, es wäre Jauche, was du säufst, dann kippst du nicht soviel.«
»Ist ja auch Jauche.«
Johannes spülte mit dem ersten Zug den Mund, mit dem zweiten wässerte er Zunge und Gaumen, und schließlich trank er, als säße er an einer langgesuchten Quelle. Stacho stand dabei, sah gespannt zu. Als Johannes fertig war, nahm ihm der Alte die Flasche weg und trank selbst. Den ersten Schluck gurgelte er, wie beim Zähneputzen, den folgenden trank er tief hinein. »Hannes, du schläfst jetzt. Ich bleibe bei Sepp sitzen. Gib mir deine Uhr.«
Johannes nahm sie aus seiner Tasche, reichte sie dem Alten,

und der zog sie noch einmal auf. Hubalek führte das Zifferblatt an die Glasglocke der brennenden Lampe, damit der Phosphor gespeist würde, und hängte sie hernach an einem Nagel im Knüppelverzug auf.

»Um ein Uhr wecke ich dich, dann wachst du.«

»Ist schon recht.«

Auch Hubalek hatte Schlaf und Müdigkeit in den Knochen. Solange der Junge um ihn war, kehrte er den starken Mann hervor, den Ungebrochenen. Nun, da er allein auf dem Stempel saß, war er alt, nicht an Jahren allein, auch an Willenskraft.

Nur die Schmerzensrufe, bald laut, bald leise, das Stöhnen, unterhielten ihn. Eins stand für den Alten unverrückbar fest: Josef stirbt. Zwar hatte er sich anfangs energisch dagegen gestemmt, er tat es auch jetzt noch zur Selbstbeschwichtigung, aber er wußte, für Josef war jede Minute Leben gleich tausend Stunden Qual, jeder Tropfen Wasser verlängerte nur dieses sinnlos gewordene Leben. Und ihnen, den Gesunden, die noch die reelle Chance besitzen, fehlt das Wasser in den kritischen Stunden, die unweigerlich kommen werden. Wenn nicht das Gas oder die Sauerstoffarmut sie umbringt, wird schließlich der Durst den Rest besorgen.

Ich gebe ihm kein Wasser mehr, er stirbt sowieso, mit und ohne Wasser. Seine Verletzungen sind sein Tod. Warum sollen wir zwei Gesunden ins Gras beißen, das ist Wahnsinn. Kein Mensch kann das verlangen. Uns kann das Wasser noch retten, wir können unser Leben hinfristen bis zur Stunde X. Er aber? Rettet uns wirklich das Wasser? Wahrscheinlich. Nein, ganz gewiß! Nichtigkeiten sind plötzlich entscheidend, Wichtigkeiten null und nichtig geworden. Schaut ihn euch an, wie er daliegt, wie er mit unsichtbaren Gestalten spricht und kämpft. Aber er ist eine Null, er ist nie gewesen. Nur eine Frage von Stunden, bis er abkratzt. Nein, er bekommt kein Wasser mehr, soll verdursten, geht schneller. Damit tue ich ihm nur Gutes, daß ich seine Qual verkürze. Wenn er schreit, laufe ich weg, werde taub, ist das

beste Mittel gegen den inneren Schweinehund. Man regt sich über einen Sterbenden nicht auf, schade um die Nerven. Jeder hat seine Stunde, er hat sie jetzt. Kein Wasser mehr. – So dachte er lange Zeit, und je öfter er mit diesem Gedanken jonglierte, in das Für und Wider eindrang, desto zwingender wurden die Schlüsse, und bald waren die Gedanken zur Überzeugung festgerammt. Aus seiner Erinnerung holte er Beispiele, solche, die er gelesen, andere, die er gehört hatte. Da waren zwei Bergsteiger aneinandergeseilt auf einen Berg gestiegen. Beim Abstieg glitt der Vorschreiter aus und hing frei neben der endlos tief scheinenden Felswand. Nur das Seil, das an den Kameraden geknüpft war, verhinderte den Absturz. Und der Kamerad versuchte mit einer Hand – die andere benötigte er, sich selbst im Fels festzukrallen – den freihängenden Begleiter hochzuziehen. Mehrere Stunden hatte er das versucht, denn er war ein kräftiger Mann, aber dann, als noch immer keine fremde Hilfe nahte, zerschnitt er das Seil, und fremdes Leben stürzte in die Tiefe. Er hatte, indem er das Seil und des anderen Leben zerschnitt, sich selbst gerettet. Hätte er das nicht getan, beide wären zu Tode gestürzt. Ich weiß nicht, ob es jemals einen Prozeß darüber gegeben hat.
Und wenn ich Josef kein Wasser gebe, stirbt er. Das heißt, er krepiert nur früher, nur ein paar Stunden früher. Das Wasser ist hier das Seil, es rettet mir und Johannes das Leben.
Ist das grausam? Nein! Jeder Tropfen, der in seinen Mund fließt, ist so, als gösse ich das Wasser in die Kohle.
Und da gab es noch eine andere Geschichte, von den beiden Dachdeckern, Vater und Sohn, die beide damit beschäftigt waren, ein Kirchturmdach zu reparieren. Der Sohn glitt plötzlich auf dem glatten Schiefer aus, stürzte, hing am Seil, und nach gewaltigen Anstrengungen des Vaters, den Sohn hochzuhieven, zerschnitt der Vater das Seil. Er opferte den Sohn, um sich selbst zu retten. Damals gab es einen großen Prozeß vor einem großen Gericht, und das Gericht sprach den Vater frei, wie es wohl richtig war, denn dieser Vater

hatte noch fünf andere Söhne, die ihn brauchten.
Das war nun die andere Geschichte, und es wird noch viele geben. War dieser Vater grausam? Können unbedingte Notwendigkeiten überhaupt grausam sein?
Ich muß mir das einmal in Ruhe durch den Kopf gehen lassen. Ach was, Blödsinn. Eigentlich – ja was? Seil ist Wasser, Seil ist Wasser, Seil ist Wasser – Staketen sind Seil, Taubenschlag ist Wasser ...
»Staaaaachooo – Waaaaseer. Waaaa ... eeer!«
Schrei du nur, schrei du nur. Du Nichts, du Niegewesenes. Wo denkst du hin? Jeder ist sich selbst der Nächste. Ich werde euch was zeigen, ich bin hier die Macht, mit meinem Leben lebt und krepiert ihr.
»Staaachooo Waaa ... eeer, Haaans, Waaaaa ...«
Soll ich, soll ich nicht? Ich muß den Strick zerschneiden, an dem er hängt, an dem er unser Leben in die Tiefe reißt. Strick! Wo ist Strick? Staketen – wo kann ich mir die klauen? Können wir mit der Flasche am Leben bleiben? Vielleicht. Was wohl Katharina macht? Wenn die wüßte! Habe sie zwei Jahre mit der Nachbarin betrogen, hat nie was geahnt. Treue Haut. War schön damals, das Verbotene. Ob sie mich auch betrogen hat? Fehlte noch. Würde sie umbringen. Aber wer kann das wissen? Wie sie nichts von mir weiß, weiß ich nichts von ihr. Ach, hochkantig fliegt die raus. Jawohl, rausschmeißen würde ich sie! So ein Luder.
»Gib mir zu trinken.« Josefs Bitte war nur ein Hauch. Halt deine Klappe, du Waldheini, du bekommst kein Wasser, das saufe ich selbst. Jeder ist sich selbst der Nächste. Ich will leben, verstehst du? Leben will ich, nicht in dem Stinkloch krepieren und der Knappschaft die Rente schenken. Zehn, zwanzig, vielleicht dreißig Jahre habe ich noch zu leben, will von meiner Rente noch was haben, nicht ein ganzes Leben bezahlen, und andere bauen sich von dem Geld Paläste. Verdienen an unseren Beiträgen, die durch Schweiß bezahlt werden müssen, verdienen am frühen Tod des Kumpels. Verdammtes Pack, sollte man an den Füßen aufhängen.

»Wasser . . . mein Gott . . . Wasser . . . laßt mich sterben . . . gebt mir Wasser . . .«
Jetzt spricht er schon vom Sterben, vielleicht weiß er, daß es mit ihm zu Ende geht. Der liebe, ach so liebe Gott kann halt nicht kommen, der verdammte Bruch ist vor. Für Kumpel hat der liebe Gott sowieso nichts übrig. Möchte einmal sehn, wie der aussieht. Langen Bart . . .
Und er, der dies alles so gedacht, sprang plötzlich auf und gab dem Dürstenden Wasser, mehr als sonst, als wolle er in der überreichen Zuteilung die – wie ihm nun schien – beschämenden Gedanken fortspülen.
Es ist nicht recht, meine Gedanken zu verwirklichen. Nein, nicht. Wo klaue ich mir die Staketen? Wieviel fehlen eigentlich? Am Türpfosten drei, an der Straßenecke auch drei, am Nachbar seiner Grenze zwei . . . Sepp hängt nicht am Seil, Wasser ist nicht Seil, und es ist verdammt ungewiß, ob das Wasser so lange reicht, bis . . . womöglich ist die Luft früher aufgebraucht als das Wasser. Was man so alles denkt, wenn man mit den Steinen, dem Berg und einem Toten alleine ist. Der Kerl will einfach nicht abkratzen, er sieht doch, daß es keinen Zweck mehr hat. Ich bin gesund, ich habe Speck auf den Rippen, ich kann noch lange warten. Hubalek sah auf die Uhr. Acht war es geworden, zu langsam verstrich die Zeit. Er sah auch auf die Zahl, die der rote Halbmond auf dem Zifferblatt umschlossen hielt. Achtundzwanzig. Der 28. Dezember also. In vier Stunden wird über Tage wieder ein neuer Tag geboren werden.
Über Tage? Aber doch auch hier. Auch hier ist Welt. Hier, irgendein Ort in ein paar hundert Meter Tiefe, das Nichts, nur das Nichts.
Oben, achthundert Meter über ihnen, brennen nun die Straßenlampen, fahren Autos, legen Menschen sich zu Bett, besuchen ein Kino, gehen ins Theater, sitzen mit Freunden zusammen; Kinder weinen im Schlaf, und besorgte Mütter mühen sich stundenlang, sie zu besänftigen. Die Signalglocke des Schachtes tönt weithin in das Land, in klaren Nächten

noch im benachbarten Dorf vernehmbar. Die Mittagschicht unter Tage macht sich nun fertig zur Ausfahrt. Die Männer legen die Preßlufthämmer weg, schließen das Gezähe an den Ring, trocknen den Schweiß von Oberkörper und Gesicht und trinken schließlich die Reste aus ihren Flaschen. Sie klopfen den Staub aus ihren Kleidern in froher Gewißheit, nun bald das seligste und kostbarste Gut des Bergmannes von neuem genießen zu dürfen: Die Sonne! Es muß nicht unbedingt die Glut sein, die vom Himmel brennt, nicht unbedingt der Feuerball; für den Kumpel ist alles Sonne: der Regen, die Sterne, der Mond. Von daher begreift man auch nur, daß beim »Glück Auf« dem Wörtchen »Auf« mehr Betonung beigemessen wird als dem Wort »Glück«.
Der Alte war hungrig. Er nahm das in Zeitungspapier eingewickelte Brot, löste die staubige Hülle und aß. Der eingelegte Schinken roch ranzig, die Scheiben hatten sich durch die Austrocknung auswärts gekrümmt, und doch verschlang er heißhungrig das Unansehnliche. Während des Essens lief er auf und ab, und als er das Brot verzehrt hatte, setzte er sich und nahm eine volle Prise Schnupftabak; seine Nasenflügel weiteten sich, und als er mit dem Schnupfen fertig war, bohrte er mit dem rechten Zeigefinger den verkrusteten Staub aus den Nasenlöchern. Dann schneuzte er sich mehrmals durch die Finger.
Eine Lampe war ausgebrannt, der gespeicherte Strom verbraucht. Stacho brauchte Licht, die Schwärze tat ihm weh, mehr seinem Herzen als seinen Augen. Er schaltete eine neue Lampe ein, ließ diese fortan brennen.
Kießling war verstummt, wenn auch die Schmerzen und das Fieber wiederholt seinen Körper warfen. Arme und Hände bewegte er dann fahrig durch die Kohle, auf der er lag.
Stacho wollte zum Bruch hinuntergehen, vielleicht gab es Möglichkeiten, die er vorher übersehen hatte – als er plötzlich gefragt wurde: »Muß ich jetzt sterben?«
Er wandte sich um: »Dumme Frage. Das ist zu früh für dich.«

»Du lügst. Du weißt mehr.«
»Ich lüge nicht.«
»Du lügst schon wieder.«
»Meinetwegen, dann lüge ich eben.«
»Hannes schläft?«
»Der widerliche Kerl schläft.«
»Und wenn er nicht schläft, was tut er dann?«
»Du hast es doch gehört: dann betet er.«
»Ich bewundere ihn, denn wer wird heute noch Pfarrer?! Pfarrer sind heutzutage einsame Menschen.«
»So einsam sind die nicht. Haben ein Auto, Schnaps und einen dicken Bauch.«
»Du glaubst nicht an Gott, Stacho?«
»Ich glaube, wenn ein Mann einen langen Bart und Runzeln im Gesicht hat, daß er alt ist und viel durchgemacht hat.«
Der Alte schnupfte wieder, der kleine braune Berg auf seinem Handrücken war wie durch einen Zaubertrick schnell in den Nasenlöchern verschwunden.
»Gibt es eigentlich noch was anderes auf der Welt als Arbeit, Geld und Weiber?« fragte Josef.
»Die Knappschaft und die Gewerkschaft. Ja, die Knappschaft gibt es auch noch, und die Knappschaftsrente, und die Vertrauensärzte.« Ich muß vernünftig bleiben, wenigstens einer in dem Affenstall. Wo nehme ich die Staketen her? Schreiner Krolow hat in seinem Kamp welche liegen, passen genau zu meinen, sind sogar schon mit Karbolineum gestrichen. Wenn ich Nachtschicht habe, steige ich über die Hecke und bringe mir ein paar in Sicherheit. Hund? Hat er nicht mehr, ist eingegangen. Wie ein achtjähriger Hund noch die Staupe kriegen kann? Wenn Sepp abkratzt, muß ich mir einen andern Kumpel besorgen. Wird ein Theater geben, bis der andere so spurt, wie ich ihn haben will. Schade, mit Sepp konnte man Moos machen.
»Wird wohl bald zu Ende gehn mit mir«, hauchte Kießling. Wird immer toller der Kerl, regt mich auf, haue ihm gleich ein paar in die Fresse, daß er ruhig ist. Vielleicht sollte ich

Johannes wecken? Der kann besser reden als ich und ...
»Du Stacho, ich habe einmal aus der Kasse einer Wirtschaft hundert Mark geklaut, anschließend mit Weibern versoffen. Na ja, eine davon bekam ein Kind von mir, sagt es wenigstens. Zahle schon drei Jahre für das Balg.«
Jetzt wird es spannend, er beichtet, der Trottel, interessiert mich nicht. Soll die Schnauze halten, die Luft ist sowieso bald zum Schneiden. Verdammt, ich muß mal ein Ei legen. Oje, oje, das gibt ein Fiasko, kein Kübel da. Das wird stinken. Ach was, kann's nicht halten, muß raus, werden nicht gleich ersticken ...
»Ein süßer Fratz ist das Kind, sagt immer Onkel Jupp zu mir, wenn ich mich mal sehen lasse und was mitbringe.«
Redet immer noch, der Misthund. Gleich haue ich ihm die Fratze kaputt. Wird nicht mehr lange reden. Aber die Luft, zum Donnerwetter, er verbraucht sie ganz allein mit seinem Schwätzen. Hoffentlich bekomme ich einen Kumpel, wie es Sepp war, wenig quatschen, gut zupacken. Konnte mit ihm Geld verdienen. Nein, bei Krolow kann ich die Staketen nicht klauen, brennt diese verdammte Straßenlaterne die ganze Nacht. Aber wo nehme ich eigentlich die Staketen her? Kaufen? Bin ich blöd, sehe ich so aus? ...
»Du, und einmal habe ich den Jungen gefragt, wo sein Vater ist. Was denkst du wohl, was der Steppke sagte, drei Jahre alt: ›Mein Vater ist bei den Huren versoffen!‹ Hat ihm doch bestimmt das Weibsstück beigebracht, diese Hure.«
»Hör endlich auf!« schrie Stacho.
»Ich will aber reden. Du, paß auf, da habe ich noch ein Ding erlebt. War da vor einiger Zeit in Dortmund in der Linienstraße. Du weißt schon. Und da habe ich doch tatsächlich meine Unterhose vergessen, hatte es eilig, mußte zum Zug. Na, was sage ich. Nach ein paar Tagen steht das Nüttchen vor meiner Tür im Bullenkloster, ich denke, mich laust der Affe. Ein Stubenkamerad ist mit ihr dann abgeschoben. Was war ich froh. Aber stell dir vor, die Unterhose hatte sie gewaschen, gewaschen. Da bist du platt, was?«

Der Müller hat gesagt, für einen Eimer Taubenmist gibt er mir fünf Mark. Drei Eimer hole ich bestimmt aus dem Schlag, immerhin fünfzehn Mark . . .
»Ob Hannes Angst hat?«
»Natürlich. Der hat die Hosen voll.«
»Du, einmal hatte ich eine, die . . .«
»Du bist jetzt still, du Saukerl«, schrie Stacho, und er war aufgesprungen. Aber dann sagte er doch begütigend: »Laß das Reden, es tut dir nicht gut.«
»Solange ich rede, habe ich keine Schmerzen.«
»Dann rede, soviel du willst.«
»Nein, nein, ich mache Maul und Ohren zu. Du hast recht, du hast verdammt oft recht. Bleib hier sitzen, das tut mir gut.«
»Mach dir keine Sorgen.«
Stacho wachte noch die Zeit, die ausgemacht war. Um Mitternacht nahm der Alte die Lampe, schritt hinunter zum Bruch und verrichtete dort seine Notdurft. Er kehrte zurück, ohne die Steine, durch die sie eingekerkert waren, näher betrachtet zu haben. Am Ort sah er bestürzt, daß die Schweißrinnsale auf Josefs Gesicht stärker geworden waren. Er gab Josef zu trinken, dann weckte er Brinkmann.
»Steh auf, du Schlappschwanz, es ist Zeit. Glotz nicht wie ein Heupferd durch die Gegend, es stimmt schon, du bist noch da, es hat sich nichts geändert. Es kann ja sein, in ein paar Tagen, da wachst du auf und bist auf einmal im Himmel.«
»Jaja. Was ist denn passiert . . .«
»Rindvieh. Hör zu: Gib Sepp ab und zu was zu saufen. Ich schlag dich zu Brei, wenn du nur einen Schluck selber trinkst.«
Johannes nickte geistesabwesend zu den Worten des Alten, und es war keineswegs klar, ob er Hubalek verstanden hatte. Er kauerte sich, nachdem Stacho in sein Kohlenbett gefallen war, in der Nähe des Ortes nieder und betrachtete lange die Uhr, als ob aus den Ziffern und Zeigern die Zukunft geweis-

sagt werden könnte.
»Hast du Courage?« fragte da der Alte.
»Wie meinst du das?«
»Ach, nur so. Nur so.«
»Ich weiß es nicht. Du vielleicht?«
»Ich weiß nur, daß ich dich zu Brei schlage, wenn du aus der Pulle trinkst.«

II.

Norbert Weigert, Betriebsführer der Unglückszeche, kam spät nach Mitternacht nach Haus, etwa zur selben Stunde, in der unter Tage Brinkmann den bis dahin wachenden Hubalek ablöste. Schlafen wollte Weigert, nur schlafen. Seit fünf Uhr morgens war er auf den Beinen. Im Wohnzimmer wollte er noch eine Zigarette rauchen, bevor er die Treppe zum Schlafraum emporstieg. In wenigen Stunden würde es tagen, und dieser neue Tag würde abermals Widerwärtigkeiten bringen. Er hatte das Betriebsgelände um halb sechs Uhr morgens zu betreten, oft erschien er auch früher, da vor der amtlichen Seilfahrt, die um sechs Uhr beginnt, Besprechungen liegen, gerade heute, wo über der ganzen Schachtanlage die Wolke des Unglücks lastete. Im Wohnzimmer sah er seine Tochter Renate, im Sessel eingeschlafen. Das Licht der Stehlampe fiel auf das aufgeschlagene Buch in ihrem Schoß. Bei seinem Hereinkommen erwachte Renate. Weigert setzte sich, entnahm einer abgegriffenen Packung eine Zigarette, und das Mädchen reichte Feuer, froh darum, fürs erste seinen Fragen, die manchmal peinlich waren, entkommen zu sein. Sie verfolgte die Kringel des Rauches. Dann nahm auch sie eine Zigarette, und der Vater reichte nun seinerseits Feuer. Er war ihr gegenüber immer höflich, war sie doch zum Inbegriff seines Lebens geworden, seit er vor fünf Jahren seine Frau beerdigt hatte, vier Tage nach dem Jungen.
»Was ist?« fragte die Tochter.

»Es ist noch nicht soweit, Reni.«
Renate betrachtete ihren Vater ein wenig mitleidig, seine grauen Haare, seine linkische Liebe, die nach so vielen Jahren der Gleichgültigkeit wach geworden und noch nicht voll ausgewachsen war. All die Jahre hatte er in Abgötterei für Frau und Sohn verbracht. Noch über das Grab hinaus. Die Tochter hatte er kaum beachtet, nur beobachtet, wie man einen fremden Gegenstand besieht, mit dem man nicht viel anzufangen weiß. Der Sohn, ja, der war nach dem Wunsch des Vaters gewachsen, nach seinen Vorstellungen. Ludwig war ein Kerl. Alles flog ihm zu, alle Dinge, alle Menschen, er war begehrenswert, und er wollte genießen. Das Wissen kam zu ihm und die Weiber, mit den Weibern das Vergnügen, mit den Vergnügungen die Sucht und mit der Sucht der Alkohol, im Alkohol schließlich der Tod. Fragte man Ludwig, was er treibe, sagte er: »Ich lebe – das ist sehr anstrengend.« Renate führte während dieser Zeit ein Aschenbrödeldasein, von niemandem beachtet, von niemandem geliebt, von niemandem verstanden. Sie glich einer Fremden am Tisch ihrer Mutter, einer Besucherin im Haus ihres Vaters. Erst nach Jahren, als sie aus Erlangen zurückgekehrt war, das Studium beendet hatte, wurde ihrem Vater peinigend klar, daß das fremde, oft lästige Etwas von damals ein selbstbewußter Mensch geworden war, mehr noch: nicht nur als Vater mußte er erkennen, wie schön dieses Mädchen und daß sie schon Frau geworden war. Langsam schickte der Mann sich in die neue Lage. Wohl schützte er sich gegen das überquellende Gefühl der bedingungslosen Zuneigung dadurch, daß er seine Reden mit höhnischen Beigaben durchsetzte, ihr Urteil spöttisch verzerrte. Das aber waren nicht mehr als Nachhutgefechte einer längst erkannten Niederlage.
»Überhaupt kein Fortschritt?« fragte Renate.
»Wenn drei aufgefahrene Meter Fortschritt bedeuten, dann war es einer, denk ich.«
Renate wurde blaß, als sie von den drei Metern hörte. »Aber

es muß doch etwas geschehen!« rief sie.
»Seit Niedergang des Bruches geschieht dauernd etwas.«
»Nicht genug.«
»Den Örtlichkeiten entsprechend sehr viel.«
Sie drückte ihre Zigarette aus.
»Du mußt mich nicht im Büro anrufen«, sagte er, »das steigert meine und auch deine Nervosität. Ich habe schließlich die Ohren voll. Was getan werden kann, wird getan, das weißt du, und es geschieht mehr als wir anfangs glaubten. Es geht nicht nur um die Eingeschlossenen, sondern auch um die Männer, die am Bruch arbeiten, das wird meist vergessen. Keiner schont sich, alle arbeiten, als müßten sie ihr eigenes Leben retten; und wenn ich die Leute so betrachte in ihrer Arbeit, dann . . .«.
»Was nützt aller Einsatz, wenn andere krepieren. Was ist ein Bergmann? Kannst du mir das erklären? Wie unterscheidet sich der Bergmannsberuf von anderen Berufen?«
»Wie? – Ja, wie soll ich sagen? Sie tun am Bruch, was sie können.«
»Das nehme ich an.«
Beide rauchten wieder schweigend, bis Emma erschien, Renates Tante, die Schwester ihrer verstorbenen Mutter, die seit vier Jahren den Weigertschen Haushalt besorgte. Mit ihrem großblumigen Morgenrock rauschte sie ins Zimmer, blieb dann stumm vor den beiden stehen, ganz Beleidigung, ganz Herausforderung. Emma gehörte zu den Menschen, die mit den Hühnern zu Bett gehen und erwarten, andere müßten das gleiche tun.
»Wollt ihr denn überhaupt nicht mehr zu Bett? Von Renate ist man's ja gewohnt, daß sie die Nacht zum Tage macht. Aber du, Norbert, du solltest daran denken: in vier Stunden beginnt für dich ein neuer Tag, und besonders jetzt brauchen deine Nerven Ruhe.«
»Ich gehe ja schon, beruhige dich.«
»Ein Irrenhaus ist das hier, ich kündige zum Ersten.«
»Ist gut Emma, geh nur schlafen.«

Als sie fort war, sagte Renate: »Sie wird es eines Tages noch wahrmachen und uns verlassen.«
»Die nicht. Ohne Aufregung kann sie nicht leben. Zeige dich einmal unbewegt ihren Nörgeleien gegenüber, du wirst sehn, ein paar Tage später ist sie krank.«
»Sie glaubt vielleicht, du heiratest noch einmal.«
»Sie meint, ich heirate sie?«
»Wahrscheinlich. Warum nicht? Du bist eine begehrte Partie, auch als Mann noch passabel, du verstehst schon.«
»Na ja. – Aber sie hat trotzdem recht, du solltest nicht ständig die Nacht zum Tage machen. Stundenlang sitzt du in deinem Zimmer und beschäftigst dich mit Spielereien. Wie du es mit so wenig Schlaf in der Apotheke aushalten kannst? Ich begreife das nicht.«
»Ich kann es auch nicht mit viel Schlaf.«
»Ach, komme nicht wieder mit dem alten Vorwurf, ich grausamer Vater hätte dich in einen Beruf gepreßt, der dir zuwider ist.«
»Das habe ich nie gesagt.«
»Aber oft gedacht.«
»Das Denken kann ich mir nicht abgewöhnen. In letzter Zeit dachte ich viel über die Zeche nach.«
»Kann ich mir vorstellen, du denkst über Dinge nach, von denen du auch nicht die geringste Ahnung hast.«
»Hast du es noch nicht bemerkt? Im deutschen Bergbau stinkt es unangenehm. Euer System ist angefault.«
»So?« Die ganze Ironie des Mannes, der es besser wissen mußte, lag in dem Wörtchen, doch störte Renate sich nicht daran, sie war im Laufe der Jahre an diesen Tonfall gewöhnt. Seine Überheblichkeit ignorierte, seinen offensichtlichen Egoismus belächelte sie. Kam das Gespräch auf den Bergbau, und Renate warf nur ein paar Worte ein, verspottete er sie, weil er der Ansicht war, Bergbau sei allein Sache der Männer.
Es gibt kaum einen Beruf, in dem heute nicht Frauen Bedeutendes leisten; der Bergbau bildet eine Ausnahme. Es

haben Untersuchungen stattgefunden, wie weit die Struktur des Bergbaus durch Frauenmitarbeit verändert werden könnte. Niemals wurde ein gültiger Schluß gefunden, wird nie gefunden werden, denn die Arbeit unter Tage fordert so große Anspannung, daß allein die Muskelkraft der Frauen überfordert wäre. Alle Prognosen einer Frauenmitarbeit in der Grube sind illusorisch, weil die Frau nie den Weg dahin finden wird.

Früher wurde Renate durch den Ton ihres Vaters verärgert. Es gab Zeiten, in denen er ihre Meinung einfach überging wie geplapperte Kinderworte. Auch gab Weigert ihr manchmal recht, sehr recht, und das brachte sie noch mehr auf, denn sie fühlte, daß es eben nur Zustimmung war, um weiteren Einwänden die Luft zu nehmen.

In bergbaulichen Dingen glaubte Weigert an sein unfehlbares Urteil. Er war überzeugt, nur sein Wissen und Können hätten ihn, den einstigen Hauer, zum Betriebsführer aufsteigen lassen. Er war stolz darauf. »Warum angefault? Etwas präziser bitte. Etwa, weil in diese Branche noch keine Frau Eingang gefunden hat, weil Bergbau ausschließlich Männersache ist und, Gott sei gebeten, weiterhin bleiben wird?«

Jetzt bin ich 26 Jahre alt, dachte Renate, und habe einen Vater, der täglich in die Grube fährt und diese Grube noch mit in die Wohnung bringt, und ich lebe in einem Dorf mit 10 000 Einwohnern, die von dieser Grube leben, und ich höre auf der Straße und in der Apotheke, was ich eigentlich nicht hören soll oder nicht verstehen darf ...

»Warum sagst du nichts?« fragte der Mann.

Er muß immer Antwort haben, dachte Renate, weil er nur sich und seine Arbeit sieht, er glaubt, seine Arbeit sei der Gipfel der Welt, und wenn er von seinem Gipfel hinabsieht, sieht er nur Grenzen einer überlebten Ordnung, einer veralteten Welt, eines menschenunwürdigen Systems.

Norbert Weigert wanderte im Zimmer auf und ab. »Manchmal interessiert es mich brennend, was du gerade denkst oder was du dir zusammenreimst.«

»Mich interessiert nur eines: was wird da unten für den Menschen getan? Ihr prahlt so gern mit euren Stachos, aber im Grunde nehmt ihr keinen Anteil an ihnen. Ihr schaut mitleidlos zu, wie sie mit siebzehn unter Tage verschwinden und mit fünfzig kaputt herauskommen.«

»Die Kumpels sollen nicht soviel reden. Klappt mal was nicht, sind wir daran schuld. Schau doch einmal genau hin, wie leichtsinnig sie selbst sind: lassen stundenlang das Hangende ohne Stempel, und beim geringsten Bruch heißt es, ›mangelnde Aufsicht‹. Die Hälfte aller Unfälle geht auf Leichtsinn zurück.«

»Seid froh, daß ihr die Stachos habt. Mußt mal hören, wie die reden, besonders seit der Absatzkrise. Kommißbetrieb soll gar nichts dagegen sein. Ziegelei, Zeche, Zuchthaus, sagen die Leute.«

»Absatzkrise! Wenn ich das schon höre«, fuhr Weigert seine Tochter an, »das sind nur Manipulationen. Die Kohle ist der wichtigste Rohstoff unserer Wirtschaft, und sie bleibt es auch. Was du mit Absatzkrise meinst, ist nichts anderes als das dumme Gerede ums Öl. Der Weltvorrat an Öl reicht höchstens noch für fünfzig Jahre. Kohle aber haben wir noch für vierhundert Jahre. Als wenn das Öl uns die ersetzen könnte!«

»Warte mal ab. Was hat es nicht alles an Umwälzungen gegeben: Kunststoff statt Eisen, Glanzstoff statt Seide, selbstwaschbare Hemden statt Popeline. Soll die Kohle da eine Ausnahme machen? Warte mal ab. Ihr gebt euch mitten im 20. Jahrhundert noch wie die alten Kohlenbarone.«

»Das ist doch nur ein Schlagwort. Ich hätte dich für intelligenter gehalten. Inzwischen ist vieles anders geworden. Schau mal allein den technischen Fortschritt unter Tage an!«

»Soo? Was hat denn der Kumpel von diesem Fortschritt? Doppelte Förderung, gewiß, aber auch doppelt soviel Staub in der Lunge! Sind das die Zinsen des Fortschritts? Vor einigen Jahren stand der Bergmann wenigstens an der Spitze der Lohnskala, aber heute? Redet nur nicht soviel von Fortschritt!«

»Du vergißt, daß dein Vater auch mal vor Kohle war.«

»Mir wäre lieber, du wärst jetzt noch da, dann wärst du gerechter in deinem Urteil.«

»Daß ich nicht lache! Sei froh, daß Leute wie ich jetzt in der Betriebsleitung sitzen; wer sollte sonst für die Kumpels sprechen?«

»Und wie du für sie sprichst!«

»Jawohl, ich spreche für sie, und ich tue auch etwas für sie! Aber mehr als immer neue Sicherheitsmaßnahmen, Schwimmbad, Fortbildungskurse und Bücherei kann ich nicht aus dem Boden stampfen. Wenn die Leute diese Gelegenheiten nicht wahrnehmen, ist es nicht meine Schuld. Der Pütt ist kein Bildungsinstitut. Mit dem Pütt gibt es nichts Vergleichbares. – Dinge, wie sie heute passiert sind, gibt es jeden Tag im Bergbau. Heute hier, morgen woanders. Ach, es lohnt nicht, darüber zu reden.«

Dinge nennt er das, Dinge, wenn ein paar Menschen nicht mehr herauskommen, dachte Renate bitter.

»Na ja«, fügte Weigert hinzu, »sicher ist es tragisch, wenn solche Dinge passieren, aber auch wir können so etwas nicht abwenden, wir wissen nur, daß es morgen oder übermorgen wieder passieren kann, unser Wissen ist doch nur eine Anhäufung von Erfahrungen und Wahrscheinlichkeitsberechnungen. Auf mir hackt jetzt alles herum, ich bin der böse Mann, ein Schuldiger muß immer gefunden werden, warum auch nicht, einer hat immer die Schuld.«

Jetzt tut er sich selbst leid, dachte Renate, das ist typisch für ihn. Fortschritt, mein Gott, was ist das schon? Der Bergbau muß sich mitdrehen, wenn er nicht untergehen will. Es wäre doch bestimmt schlimmer, wenn die Welt und die Menschen sich nicht mehr drehen wollten. Aber was ist eigentlich Fortschritt? Für wen wird er unter Tage eingeführt? Für den Kumpel? Für die Rationalisierung? Für den Aktionär? Natürlich greift eins ins andere, aber die Zinsen dieses Fort-

schritts, wer bekommt die? Doch nicht der Kumpel, der bekommt von Zeit zu Zeit einen neuen Tarifvertrag, um den er sich nicht zu sorgen braucht, das machen andere für ihn, dafür zahlt er seinen Monatsbeitrag.
Der Kumpel lebt genauso gefährlich wie früher. Er verdient vielleicht ein bißchen mehr, aber sonst blieb alles beim alten. Nur die Zinsen, ja, die wurden höher, und vielleicht ist es heute gegenüber früher auf der Börse etwas hektischer geworden und der Schlaf der Spekulanten unruhiger, weil Bergbauaktien sich leicht kaufen, aber nur schwer verkaufen lassen . . . »Weißt du, Renate, mit der Zeit stumpft man ab, jeder Beruf stumpft den Menschen ab, unserer, weil man sich schützen muß, so wie ein Arzt, mein Gott, der flennt doch auch nicht mehr, wenn er einem Menschen das Bein abnimmt und ihm später eine Prothese anpaßt. Man darf einfach gewisse Dinge nicht sehen, verstehst du?«
»Natürlich verstehe ich, warum soll ich dich nicht verstehen, ich habe dich immer verstanden, nur du hast es nicht verstanden.«
Ich verstehe meinen Vater gut, dachte Renate. Er war schon unter Hitler Betriebsführer, und er hatte bis zum Zusammenbruch über zweihundert russische Kriegsgefangene auf seiner Zeche. O nein, er hat ihnen nichts getan, er hat sie überhaupt nicht gesehen, und weil er sie nicht gesehen hat, rettete er nach 1945 sein Leben. Den Obersteiger haben die Russen gelyncht, er schlug ihnen die Pellkartoffeln aus der Hand, die mitleidige Kumpels mit unter Tage genommen hatten, und zeigte jeden Deutschen an, der seine Butterbrote an Russen verschenkte. Einen Fahrsteiger hat man im Juli 1945 im Zechenwald erschossen aufgefunden, er hatte unter Tage mit seinem Steigerstock manchmal Russen geschlagen. Nein, meinem Vater ist nichts passiert, er hat die Pellkartoffeln nicht gesehen, weil er die Russen nicht sah. Er sieht nichts, wenn er nicht will, auch heute nicht.
»Du solltest auch schlafen gehen, du siehst schlecht aus. Ich werde nur noch schnell eine Zigarette rauchen.« Das Mäd-

chen überhörte die Aufforderung.
Die letzten Jahre hat er über Tage sehen gelernt. Welch ein Fortschritt, überall Fortschritt. Einmal war ich mit in der Grube, siebenhundert Meter tief, oder waren es tausend? Was tut das schon, was sind schon ein paar Meter mehr oder weniger? Ich möchte nicht wieder dahin, und ich kann Johannes nicht verstehen, warum er in den Ferien sein Geld da unten verdienen will. Natürlich muß er am Ende des Studiums eine Zeit nachweisen, in der er gearbeitet hat, aber Arbeit gibt es doch überall. Nein, Johannes kann ich nicht verstehn. Da unten gibt es Strecken, die man gebückt durchlaufen muß, wo Akku-Lokomotiven fahren mit Kohlenzügen, und der Lokführer kann seinen Kopf nicht aus der Maschine nehmen, weil er sich sonst zu Tode fährt, und er weiß nie, ob er heil und gesund am Ende der Strecke anlangt, wenn er abfährt. Das ist doch ein Spiel mit dem Leben, ein grausames Spiel, mit Arbeit hat das nichts zu tun.
Der Mann beugte sich zu seiner Tochter, die lange Zeit das Muster des Teppichs besah. Er sagte laut: »Es ist nicht meine Schuld, daß es passiert ist. Daß Johannes dabei ist, vergeß ich nicht. Es ist auch nicht meine Schuld, daß wir so ein schlechtes Betriebsklima haben. Aber Unglücke haben nichts mit schlechtem Betriebsklima zu tun. Wenn man es täglich mit Vertrottelten und Widerspenstigen zu tun hat, müssen doch Spannungen entstehen. Wir sind nun mal auf der Zeche und nicht in einem Kindergarten.«
Er atmete tief und ging wieder im Zimmer auf und ab.
Warum erzähle ich ihr das überhaupt, sie versteht es doch nicht, das kann keiner verstehen, nur der, der täglich diese Plackerei am Halse hat, nur Vorwürfe und Beschimpfungen erntet.
»Aber Vater, warum das alles, warum gehst du nicht ins Bett und schläfst. Ich habe dich nicht gefragt, und du brauchst mir nichts zu erzählen. Aber weil du schon mal von Vertrottelten redest: Machen diese Vertrottelten nicht alles, was ihr wollt? Sie stoßen doch immer in euer Horn, und wer nicht

hineinstößt, der ist widerspenstig, so verstehe ich das. Ihr habt zu viele Leute zur Aufsicht gemacht, die keinen Grips im Kopf haben. Bei euch gibt es im Gegensatz zu anderen Berufen keine Auslese. Aufsicht und Vorarbeiter wird nur, wer in euer Horn stößt und sein Privatleben für die Zeche opfert. Ihr habt es doch in der Hand, ihr allein. Beschwert euch nicht, ihr habt es so gewollt, und nun habt ihr es so. Und wer nicht will? Ihr habt Mittel, ihnen das Wollen beizubringen. Ist es nicht so?«

»Du darfst nicht immer nachplappern, was so verquere Leute vorsagen.« – Renate gab sich nicht zufrieden. Ich verstehe das nicht, ich bin ein Mädchen, das in einer Apotheke arbeitet. Und doch, warum wurden, als die Kohlenkrise anfing, ausgerechnet die entlassen, die man nicht haben wollte, obwohl sie gute und zuverlässige Arbeiter waren? Sie waren eben nicht vertrottelt, sie gehörten zu den Widerspenstigen, die nicht nur an die Kohlen dachten, die zum Schacht rollen müssen, sondern auch an ihre Sicherheit und an die Sicherheit anderer. Auf der Zeche denkt man immer noch braun und im Vierjahresplan: Räder müssen rollen für den Sieg. – Warum sehe ich erst heute den ganzen Schlamassel? Weil Johannes da unten liegt? Darum?

»Wir bekommen für die Zeche nur noch die zum Arbeiten, die für andere Berufe zu blöd sind, die kein anderer Betrieb haben will«, sagte der Mann, und er sagte es bitter.

»Ist das nicht eure Schuld? Vor einigen Wochen sprach ich in der Apotheke mit einer Lehrerin. Die sagte mir, daß ihre Dümmsten in der Klasse sagen, wenn sie sie abkanzelt, daß sie immer noch Fahrhauer auf der Zeche werden können.«

»Gerede, Gerede! Seit wann hörst du auf das Gefasel der Leute, das ist doch sonst nicht deine Art.«

Mein Gott, was reden die Leute schon. Was ihnen nicht paßt, sprechen sie zuerst aus. Sie sagen, daß die Gesellschaft 16 Prozent Dividende ausschüttet und der Kumpel keine Mark Weihnachtsgeld mehr bekommt, daß die Kumpels auf Nachtschicht Hauerarbeit machen müssen und keine Nachtschichtzulage erhalten, und sie schimpfen nicht nur auf die 16 Prozent Dividende, sondern auch auf die Gewerkschaft, die das zuläßt. Und sie schimpfen auf die Betriebsleitung, die den Schlendrian nicht abstellt, weiterlaufen läßt, weil der Schlendrian die Kohlen leichter zum Schacht bringt. Solange alles gut geht, kräht kein Hahn danach. Wenn einmal etwas passiert, dann ist natürlich der Kumpel schuld; er hat nicht aufgepaßt, weil er nur ans Geldverdienen denkt, nicht an die Sicherheit. Manchmal meutert der Betriebsrat, mal gegen den Kumpel, mal gegen die Betriebsführung, aber sie meutern mit Worten ... Worten ... Worten ... ach ja, einen Arbeitsdirektor gibt es auch noch, aber der hat ein feines Büro, einen Schreibtisch aus Teakholz, sehr gute Arbeit, Meisterstück von außerhalb. An der Wand hängen die blauen Pferde von Marc, und seinen Füllfederhalter steckt er in eine Nachbildung der Christusfigur von Barlach. Wie sinnig und praktisch, da wird er immer an das Leid erinnert. Nein, man soll nicht sagen, daß nichts getan wird, es wird immer etwas getan, immer, oder gedacht, das ist immer besser.

Und plötzlich lachte Renate, lachte, lachte, lachte wie eine Besessene.

»Hör auf! Bist du verrückt geworden?«

Aber sie lachte noch immer, und das Lachen trieb ihr Tränen auf die Wangen. Endlich beruhigte sie sich wieder.

»Warum hast du jetzt gelacht?« fragte ihr Vater.

»Ach, ich dachte nur an den Christus von Barlach.«

»Ist das ein Witz?« »Ja, das ist ein Witz.«

»Du hörst zuviel zweideutige Witze in deiner Apotheke.«

»Nicht zuviel, es geht.«

Da stand wieder Emma im Zimmer, sie hatte die Tür weit aufgerissen.

»Ihr scheint euch aber zu amüsieren. Wie man bei dieser ernsten Lage überhaupt lachen kann. Daß euch immer noch nicht das Lachen vergangen ist.«

Sie ging und schlug die Tür zu.

»Heute vormittag kommen welche von der Gewerkschaft.«
»Ach.«
»Gestern wurde ich telefonisch verständigt.«
»Was wollen die? Mithelfen am Bruch?«
»Laß das, du weißt genau, daß es ohne die nicht geht.«
»Ach, es lebe der Fortschritt!« Und sie stand auf und drehte das Radio an. Renate liebte Jazzmusik.

Weigert sah seine Tochter lange Zeit forschend an, nicht überheblich, nur überlegend, als wolle er ergründen, was hinter ihrer Stirn vor sich geht.
»Dreh das Gejohle endlich ab, das ist ja furchtbar.«
Sie reagierte nicht.
»Schalte bitte den Kasten ab. Musik, mitten in der Nacht!«
Als sie immer noch nicht reagierte, sprang er auf und drückte selbst auf die Aus-Taste.
Sie blickte wie erwachend auf den schwarzen Kasten.
»Was hast du?«
»Mir ist so elend«, sagte sie endlich. Sie wollte das Zimmer verlassen. Da hielt sie ihr Vater noch einmal zurück.
»Liebst du ihn?«
Keine Antwort.
»Und er dich?«
Keine Antwort.
»Wollt ihr heiraten?«
Keine Antwort.
»Dann laß es sein. Die Stummen sind nicht die Schlechtesten. Ich glaube, er kommt wieder.«
»Schlimm wäre es, glaubtest du was anderes.«
»Er wird sich gewandelt haben.«
»Wie meinst du das: gewandelt?«
»Der Berg verwandelt Menschen, die einmal seine Gefangenen waren.«
»Ach!« sagte Renate nur.
»Ich hatte mir meinen Schwiegersohn allerdings anders vorgestellt.«

»Du hast zuviel überholte Vorstellungen vom Leben.«
»Du würdest natürlich auch ohne mein Einverständnis heiraten.« Sie lachte. »Du kommst dir so wichtig vor, sogar im eigenen Haus.«
»Kannst du die Aufgaben einer Pfarrfrau ausfüllen?«
»Das lernt man.«
»Hoffentlich wirst du nicht enttäuscht.«
»Das ist nicht ausschlaggebend. Es kommt darauf an, was man sich vom Leben verspricht.«
»Und was versprichst du dir?«
»Nichts.«
»Das ist zwar eine Neuigkeit, aber nüchtern. Hochgespannt sind deine Erwartungen nicht. Er wird bestimmt herauskommen, nach Lage der Dinge kann man das sagen.«
»Ich hoffe es, mein Verstand zweifelt. Der dritte Tag hat begonnen, kein wesentlicher Fortschritt.«
»Alles wird getan, was in unserer Macht steht, was menschenmöglich ist.«
»Menschenmöglich, das ist sehr wenig. Wann könnte es soweit sein? Heute, morgen, übermorgen?«
»Zu jeder Stunde. Die Zeit ist nicht so wichtig, wichtig allein ist, daß sie lebend und gesund hervorkriechen.«
»Nur die Zeit ist wichtig. Gute Nacht.«
Während Renate die Treppe hoch in ihr Schlafzimmer lief, blickte Weigert auf die Uhr und erschrak, daß es schon nach zwei war. Man sollte sich pensionieren lassen, dachte er, allen Kampf abschütteln.
Das schrille Läuten des Telefons riß ihn aus der Grübelei.
»Danke, ich komme sofort.«
Seufzend legte er den Hörer zurück und blickte suchend durch den Raum. Seine Augen hafteten an dem geschmückten Baum; erst da erinnerte er sich, daß über dem Lande draußen Weihnachten lag, die Zeit vom Heiligen Abend zum Dreikönigstag. Er hatte es vergessen.
Als er schon die Haustür geöffnet hatte, kam Renate die Treppe heruntergelaufen.

»Ich muß noch einmal zur Zeche.«
So sehr war sie ein Kind ihres Vaters, daß sie gleich fragte:
»Wer ist es?«
»Es sind zwei.«
»Vom Bruch?«
»Vom Bruch.«
»Warum läßt du dir jedes Wort abbetteln?«
»Der lange Krollmann ist es.«
»Der aus der Hauptmannstraße?« Er nickte. »Aber – aber, der hat doch vor vierzehn Tagen erst geheiratet.«
»Verheiratete leben auch nicht länger.«
»Wer ist der andere?«
»Die Eingeschlossenen sind nur zu dritt.«
Sie fror, fragte nicht weiter.
»Heinisch. Er muß wohl bei der Befahrung vom Bruch überrascht worden sein. Ich sehe da nicht klar.«
Renate atmete tief durch.
»Ja, für Heinisch könnte auch ein anderer Name stehn. Donnerwetter, es nimmt kein Ende. Das Leben ist eine Lotterie. Es ist möglich, daß ich diese Nacht ausbleibe.«
Renate lag noch lange wach.
Ich muß fest an ihn glauben, an ein gnädiges Schicksal. Wenn ich zu meinem Vater sagte, ich erwarte nichts vom Leben, war es eine Lüge. Ich erwarte alles vom Leben.

Kaum hatte Weigert die Rasenhängebank betreten und war zum Schacht vorgeschritten, um mit dem Anschläger ein paar Worte zu wechseln, sauste der Korb von der vierten Sohle empor, beladen mit zwei überdeckten Bahren.
Schwarze Männer setzten die Bahren auf die Eisenplatten des Schachtvorplatzes nieder, und Weigert ging hin, hob das Tuch der nächststehenden. Er sah dem toten Krollmanns ins Gesicht. Das Tuch der anderen Bahre ließ er sofort wieder fallen, das war kein Gesicht mehr. Er war Heinisch. Weigert ließ sich von den Leuten berichten. Einer gab zögernd und scheu Antwort auf seine Fragen.

»Krollmann sah plötzlich einen Schuh in den Steinen. Er schrie uns zu und war schon zum Bruch gelaufen, ehe wir ihn hindern konnten. Wie toll sprang er die Steine an. Es war zu früh oder zu spät, wie man's nimmt. Es war kein großer Stein, der ihn traf, aber er schlug genau auf sein Genick. Er war sofort tot.«
»Und Heinisch?«
»Am Blitzer, der wie ein Wunder heilgeblieben ist, haben wir ihn erkannt. Nicht einmal das Glas des Blitzers ist gesprungen. Komisch. Sonst alles futsch.«
Und der Mann deutete auf die Bahre.
»Habt ihr sonst noch etwas bemerkt? Sie wissen, was ich meine?«
»Wir haben nicht darauf geachtet. Wird wohl nicht sein.«
»Habt ihr ans Rohr geklopft?«
»Ja, mehrmals. Antwort bekamen wir nie.«
»Natürlich. Der Bruch ist entweder noch zu tief, oder auf der anderen Seite schlafen sie, was für sie das beste sein wird.«
Die Toten wurden in die Leichenhalle geschafft, die unmittelbar hinter dem Kraftwagenschuppen lag, und Weigert stand noch einige Minuten am Schacht, versuchte mit dem Steiger der Schachthauer ein Gespräch; der Mann blieb wortkarg. Weigert ging, suchte sein Büro auf. Dort knipste er die Schreibtischlampe an, ließ sich schwer in den Ledersessel fallen, schirmte die Augen mit einer Hand ab, saß dann geraume Zeit, um das Vorgefallene zu durchdenken. Das war nun das zweite größere Unglück, das diese Zeche betroffen hatte, das erste, seit er diese Grube führte. Nie hatte sich während der letzten Jahre so Bewegendes ereignet, daß die Zeitungen Schlagzeilen davon machten. Dachte er daran, schauderte ihn, denn allerlei Schmutz, vorhandener und erfundener, folgte den Schlagzeilen nach. Wohl blieb die Heimat- und Nachbarpresse objektiv – im Ruhrgebiet vergeht kaum ein Tag, an dem nicht ein Unglück die Menschen aufhorchen läßt –, aber andere Blätter, vor allem solche, die

dem Bergbau fremd gegenüberstanden, brachten Artikel, die nur Dummheiten enthielten. Es gab da Schreiber, denen man es anmerkte, wie gern sie in Sensationen wühlten. Sie erteilten der Verwaltung – und damit auch der Betriebsführung – Ratschläge und meinten, eine verantwortungsbewußte Betriebsführung hätte es niemals soweit kommen lassen dürfen. Auch gab es welche, die Weigert offen die Schuld gaben, weil es seinem »bekannten Leichtsinn« zuzuschreiben sei, daß heute die Ungewißheit über das Schicksal der Eingeschlossenen auf dem Revier laste.
Er nahm einen Zettel von der Löschunterlage, las, warf ihn weg. Da stand, vom Betriebsschreiber notiert, Renate habe gebeten, ihr Vater möge in der Apotheke anrufen. Weigert hatte dies mittags bewußt unterlassen. Die Anrufe seiner Tochter ärgerten ihn mehr als alles, was die Presse schrieb. Renates stumme Vorwürfe bedrückten ihn, und sein Sarkasmus zerbrach daran.
Weigert verließ das Büro, holte seinen Wagen aus der Garage und fuhr in die Nacht. Beim Fahren merkte er, wie die an sich trüben Dinge im Scheinwerferkegel ein festeres Gesicht bekamen, das Leben unkomplizierter wurde.

III.

Johannes übernahm seine Wache in dem Bewußtsein, daß er eine Totenwache zu halten hatte. Auch er ließ das Licht brennen. Hubalek war sofort eingeschlafen, und sein Schlaf, von röchelndem Geschnarch begleitet, war tief und fest. Johannes kämpfte gegen das eigene Schlafbedürfnis, indem er ständig mit den Handrücken die Augen tränig rieb, aufstand und umherlief. Das Laufen war beschwerlich und beglückend zugleich; beschwerlich, weil es an den Kräften zehrte, beglückend, weil die Bewegungen verrieten, daß die Glieder noch nicht in faulende Trägheit abgefallen waren. Das fortdauernde Stöhnen und Jammern des Verletzten rief

Johannes an seinen Platz zurück. Er gab Josef zu trinken. Besorgt sah er die Flasche leer werden, und eines war ihm gewiß, daß es mit Josef am Ende sei, wenn die Flasche ausgetrunken war. Johannes war selber durstig wie noch nie in seinem Leben. Aber er würde solange nicht trinken, wie Josef das Wasser noch brauchte.

Er verspürte ein Jucken, als sei er von den Haaren bis zu den Zehen mit aufplatzenden Ekzembläschen bedeckt. Der Staub verschloß die Poren, die Stoppelhaare an Kinn und Wangen kratzten, und die dreckstrotzenden Kleider gaben einen Geruch wie in der Kaue, nur konzentrierter und übler. Der Kohlensäuregehalt des Raumes wuchs ständig, spürbar an der wachsenden Atemnot. Wilde Lebensbejahung und fatalistisches Dahingleiten wohnten Tür an Tür. Wille und Verzweiflung waren Geschwister geworden.

»Wie spät ist es eigentlich jetzt?« fragte plötzlich Josef.

»Drei vorbei.«

»Vormittags, nachmittags? Zum Kuckuck, was ist nur mit der Zeit?«

»Ich denke, es ist drei Uhr früh.«

»Und welcher Tag?«

»Der Halbmond auf meiner Uhr zeigt den neunundzwanzigsten.«

»Übermorgen ist Silvester. Schade. Hatte mich so auf das Saufen gefreut. Wenn man sich schon mal auf was freut.«

»Sprich nicht soviel, du kriegst Durst.«

»Unsinn. Laß nur, die paar Stunden will ich noch das tun, was ich . . .«

»Quatsch keinen Stuß, so schnell krepiert man nicht.«

»Hast du eine Ahnung, wie schnell das geht.«

Vielleicht lebt er länger als ich, dachte Johannes.

»Wenn der verdammte Krieg nicht gewesen wäre, dann läge ich nicht hier.«

»Du kannst doch nicht den Krieg für alles verantwortlich machen.«

»Doch, doch, das kann man.«

»Einen Eimer Wasser, nur einen einzigen Eimer Wasser, sonst nichts. Zu Hause dreht man die Wasserleitung auf, hier . . .«
Schweigen. Endloses Schweigen, Schnarchen. Stacho schnarchte laut und japsend, dazwischen Pfeiftöne aus seinem Mund.
»Eine Zigarette nur«, sagte Josef, »nur eine einzige Zigarette, oder eine halbe, oder eine Kippe. Hans, nur eine Kippe. Oder ein Schinkenbrot, ein Faß Bier. Ob die uns rausholen?«
»Hör bloß auf! An Zigaretten darf ich noch weniger denken, als an Wasser und Bier.«
Ja, eine Zigarette, oder ein Schachspiel, oder ein Kartenspiel. Oder Musik, nur Musik. Immer nur Musik. Bam bam bam baaaaam. Bam bam bam baaaam. Welche Tür? Wie ist nur das Motiv aus der H-Moll? Na, komme nicht drauf. Ja bambam – nein, nicht so. Ach ja. Dida didadada didadadi dadidadada!
Er sang laut, summte, murmelte. Viele Motive hintereinander.
Ja, Musik, irgendwo in den Steinen müßte ein Lautsprecher sein. Bam bam bam baaaaam. Jetzt Musik haben, die Steine müßten klingen. Die Holzstempel sind die Geigen, die Eisenkappen, die, bam bam bam baaaam! Die Eisenstempel die Celli, die Eisenkappen Fagotte, die Kohle Englischhörner, die Schienen Oboen. Blödsinn!
»Wie es wohl draußen ist? Ob's noch regnet? Vielleicht schneit es, dann haben die Kinder ihr Vergnügen. Die Kinder im Ruhrgebiet sind sowieso arm dran. Im Winter kein Schnee oder nur wenig. Wenn ich an die Winter bei uns zu Hause denke. Knietief der Schnee und vom Oktober bis in den März.«
»Die Kinder hier kennen es nicht anders.«
»Du, da weiß ich eine Geschichte, paß mal auf . . .«
»Rede nicht. Du mußt nicht reden.«
»Ich rede doch nicht. Ich unterhalte mich nur.«

»Überall Dreck, nur Dreck. Nichts zu fressen.«
»Du kannst dich bald schadlos halten. Ein gebratenes Hähnchen, Mensch, mir läuft das Wasser im Mund zusammen. Und dann einen Kasten Bier, nein, ein Faß, das ist bequemer; du steckst einen Schlauch in das Spundloch, legst dich auf die Couch, saugst das Bier aus dem Schlauch.«
»Ein tolles Fest gibt das, sage ich dir. Wir drei werden drei Tage feiern, drei Tage fressen und saufen.«
»Man kann nicht mehr als sich vollfressen und vollsaufen.«
»Doch. Finger in den Mund, Magen leer. Es geht von vorne los.«
»Du und Stacho. Ich nicht.«
»Du nicht? Seit wann bist du ein Spielverderber?«
»Warum? Ich trinke die Flasche leer, dann ist's aus mit mir.«
Gelassen, fast heiter sprach er die Worte, mit dem Anflug eines Lächelns, so als habe er über eine nebensächliche Episode aus seinem Leben berichtet. Hinter den gelassenen Worten aber saß das Grauen, und Johannes durchdrang es so, daß er fror und kalter Schweiß in sein Gesicht trat.
»Du bist ein Idiot«, sagte Johannes.
»Das weiß ich.«
»Dann ist's ja gut. Ich dachte . . .«
»Dabei hätte ich es gar nicht nötig gehabt, hier in dem Loch zu krepieren. Aber der Krieg, ich sage dir, nur der Krieg.«
»Hör doch endlich auf, du kannst Leute verrückt machen.«
»Du hast recht. Aber eines tröstet mich, daß in dem Moment, in dem ich abkratze, viele Tausend über uns auch abkratzen.«
Stille, Schnarchen, Düsternis. Die Augen stumpf. Josef fragte wieder: »Wie ist das, wenn man tot ist?«
Johannes fragte zurück: »Wie meinst du das?«
»Ich meine: bin ich tot, wenn ich gestorben bin?«
»Ist das ein neuer Witz?«
»Ich will nur etwas wissen, weiter nichts.«
»Ist das jetzt so wichtig? Wissen nützt uns hier gar nichts.«
»Nicht besonders, da hast du recht.«

Er will mich aushorchen. Was soll ich sagen? Woran glaube ich denn? Warum studiere ich? Glaube ich an das, was ich einmal lehren werde? Bin ich hingegangen, weil ich glaube oder weil ich ein Amt haben will? Josef schlürfte schluckweise, ohne rechte Lust, ohne Gier und wahrscheinlich auch ohne Bedürfnis.

»Hannes! Wie ist das mit der Wahrheit?« Johannes rutschte unruhig auf dem Holzstempel hin und her, die Augen geschlossen, die Gedanken ohne Zucht.

»Wenn du willst, kann ich dir sagen was ich weiß. Aber ob das die Wahrheit ist, das weiß ich nicht. Nein, das weiß keiner.«

»Hans, ich will dir was erzählen. Mein Vater war bei den Bibelforschern, er wurde achtunddreißig verhaftet. Zwei Jahre mußten wir auf Nachricht warten, wir wußten nicht einmal, wo er war. Dann kam ein Brief, ein verdammt kurzer Brief. Ohne Anrede, nur seine Unterschrift. Nicht mit der Post, der Brief war aus dem KZ herausgeschmuggelt worden. Da stand: In der Welt habt ihr Angst – ich habe die Welt überwunden.«

»Du darfst nicht soviel reden.«

»Ist das Wahrheit?«

»Nein, Liebe.«

»Soso, Liebe also. Naja. Unter Liebe stelle ich mir allerdings was anderes vor.«

»Pst, horch!« Johannes rief es und sprang auf.

»Was ist? Was hast du?«

Angestrengt horchten beide in die Stille hinein, die Augen auf das Rohr gerichtet, von wo das Klopfen gekommen war. Es war plötzlich eine beglückende, hoffnungsgeladene Unruhe in ihnen. Was sie hörten, waren zweimal vier Schläge kurz hintereinander. Zweimal vier Schläge: das Seilfahrtsignal des Schachtes!

Sie wollten es nicht glauben, und doch hörten sie: klak klak klak klak . . . klak klak klak klak. Pause. Und wieder: tik tik tik tik . . . tik tik tik tik.

»Was ist das? Was soll das?« fragte Johannes atemlos. Er rannte hin und her. »Das sind doch ... das ist doch ... Menschenskind, das kommt doch vom Bruch!« Dum dum dum dum ... rt rt rt rt ... tu-i tu-i tu-i tu-i. »So klopf doch wieder. Hans! So klopf doch wieder!« rief Josef. »Die wollen ... kch kch ... wissen, ob wir noch am Leben sind.« Rt rt rt rt ... Pause, bange Minuten des Wartens. Dum dum dum dum. Wieder Stille.
Aufgeregt sprang Johannes hin und her, faßte die Lampe und suchte einen eisernen Gegenstand, mit dem er nun seinerseits Klopfsignale in die andere Welt jagen könnte. Als er nach längerem Suchen nichts gefunden hatte – die Erregung verriegelte den Verstand –, rief Josef ihm zu, er müsse das Pickeisen aus dem Hammer schrauben, das sei gegenwärtig das beste Schlaginstrument.
»Jajaja, Sepp, jajaja.«
Johannes löste die Muffe vom Hammer, das herausfallende Eisen faßte er schnell und schlug mit aller Kraft, der er noch fähig war, auf das leere Luftrohr. Vier Schläge – Pause – abermals vier Schläge. Atemloses Lauschen in die Nacht. Da kam die Antwort: rt rt rt rt ... tu-i tu-i tu-i tu-i.
Dann waren Rohr und Menschen wieder stumm. Bis Johannes abermals seine Antwort auf das Rohr hieb. »Man müßte wissen, was die wollen. Morsezeichen, ich kann sie nicht. Du vielleicht?«
»Quatsch, die wollen doch nur wissen, ob wir noch am Leben sind. Morsen ist Unsinn, drüben ist auch keiner, der es kann. Mach dir keine Gedanken, die wissen jetzt, daß wir leben. Die Rettungsarbeit lohnt sich noch. Nach Krepierten gräbt man nicht so eifrig.«
»Vielleicht haben sie schon öfter geklopft, und wir haben es nur nicht gehört.«
»Möglich.«
Johannes' Erregung wuchs mit der Zahl der Schläge, und einer plötzlichen Eingebung folgend, wuchtete er nochmals auf das Rohr.

Vier und drei – Pause – vier und drei – Sekunden Stille – dann wieder vier und drei – ramm ramm ramm ramm ... ram ram ram.
»Warum so?« fragte Kießling.
»Auf der anderen Seite könnte doch einer mit Phantasie sein und meine Schläge so auslegen, wie sie gemeint sind: vier – wir sind am Leben, drei – wir sind drei Personen.«
»Zuviel Umstände und viel zu leicht, als daß es einer erraten könnte.«
Fünf bis zehn Minuten noch trommelte Johannes sein Kassiber auf das Rund des Rohrs in der Hoffnung, jeder Schlag müsse in der von ihm bemessenen Bedeutung verstanden werden. Müde geworden, den Oberkörper feucht, schmiß er das Pickeisen fort, denn auch von der Gegenseite waren Anruf und Antwort verstummt.
Brinkmann setzte sich auf seinen alten Platz. Josef leerte hastig die Flasche. Dann hob er die leere Flasche für einen Augenblick in Augenhöhe, und gleich darauf schlief er ein. Sein Kopf glitt zur Seite. Johannes überlegte, ob er Stacho wecken, ihm die Verbindung zur Außenwelt mitteilen sollte. Johannes weckte den Alten nicht, er nahm das Licht und lief hinunter zum Bruch, wo er die Einmündung des Rohres in das Gestein aufmerksam betrachtete, dann lange Zeit den Geräuschen lauschte, die durch das luftleere Rohr dumpften. Die Signale blieben fort, aber aus der Geräuschfülle glaubte er zu entnehmen, daß das Treiben an Emsigkeit zugenommen habe. Lange stand er still, bis der fürchterliche Gestank, den er nun erst gewahrte, seinen Magen hob. Aber so intensiv er auch suchte, nirgendwo fand er das Übelerregende. Dann kehrte er zu Josef zurück in der Annahme, er schlafe noch tief und fest. Als er aber vor ihm stand, das Licht hob und niedersah, erschrak er.
Josef weinte.
Nicht die jammernden Ausbrüche, nicht das schmerzliche Stöhnen, nicht das fratzenhafte Lächeln aus den versteinten Zügen hatten Johannes so getroffen wie jetzt dies trockene

und flüsternde Schluchzen. Benommen stand er da und wußte nichts zu sagen. Blöde starrte er auf das schwarze Gesicht zu seinen Füßen. Er war uneins mit sich, weil kein aufmunterndes, kein tröstendes Wort über seine Lippen wollte. Zögernd nahm er wieder auf dem Holzstempel Platz. Er tat nichts, sprach nichts, und im Schauen vergaß er seine Gedanken. Aber er wußte, daß dort, wo Schmerz das Maß des Erträglichen überschreitet, jeglicher Trostversuch zu schweigen hat.
Johannes wartete, bis Josef sich beruhigt hatte, und nach Minuten drehte Josef den Kopf, sah den bei sich Sitzenden lange an. Geraume Zeit sprachen sie in Blicken.
»Du mußt an meine Mutter schreiben«, sagte Josef.
»Jaja.«
»Und auch schreiben, wie es war.«
»Jajaja.«
Nur Zuhören und Schweigen werden Linderung schaffen, für ihn und für mich. Kein überflüssiges Wort darf ich sprechen, muß nur karge Antwort geben auf seine Fragen. Er ahnt schon etwas, da sind Mensch und Tier gleich. Er ist schon auf dem Wege ins Dickicht. Bam bam bam baaaam! Weiß Lisa nun, wo ich vegetiere? Bin ich für sie schon Schall und Rauch geworden? Warum habe ich die herbeigeführten Gelegenheiten nicht ausgenützt? Was zog mich weg!? Ihr Alter? – Renate! War ich bei Lisa, dachte ich an Renate, und war ich bei Renate, kam mir Lisa nicht aus dem Sinn. Renate heiraten? Warum heiraten? Wie der Alte daliegt und schnarcht, wie häßlich und erbärmlich er aussieht. Die langen Haare im Gesicht – wie ein Affe.
Johannes fuhr sich mehrmals mit den Händen über das Gesicht.
Ich auch. Bald werden wir den Tieren gleich sein, fressen Holz und Kohle. Keine Maus hier. Vielleicht gut so. Was sind wir schon! Hier, in diesem Loch! Bam bam bam baaaaam! Dschindrara. Drei kleine Negerlein . . . Verflucht! Muß darauf einen Reim finden. Stachos Frau, die Hubalek.

Komische Alte, habe noch nie ein Wort mit ihr gesprochen. Heidewitzka, Herr Kapitän, wir verrecken, das ist nicht schön. Hahaha! Bam bam bam baaaaam! ... Wie lange noch? Zum Teufel, man sollte nicht hier sitzen und warten, warten, warten. Selbst müßte man das Heft in die Hand nehmen, an den Steinen rütteln. Wir müßten wirklich was unternehmen!«
Josef fragte: »Wie spät ist es?«

Das Wohlbefinden vor dem Tode? Gibt es das? Möglich. Man sagt so. Bei Josef ist es soweit, nur eine Frage der Zeit. Stadium der Auflösung? Zeit der Verwandlung oder Vollendung?
Im Rohr hämmerte vernehmlich das Leben von draußen. Ich werde matter und apathischer, und wenn es so weiterläuft, erlebe ich das Leben nicht mehr. Eigentlich ist Josef besser dran als wir, denn er weiß doch, was sein wird. Wir nicht. Glücklicher Mensch.
»Ich habe nicht viele Sachen im Bullenkloster. Lege alles in eine Kiste, schicke sie nach Hause. Gespart habe ich auch nicht, weißt ja: wie gewonnen, so zerronnen, von der Hand in den Mund. Mit Weibern und so – durchgebracht. Was macht's.«

Stille! Nur der schwere Atem dreier Männer stand zwischen den Steinen. Im Rohr raunte der Nachhall eines Donners.
»Noch was. In Bochum habe ich ein Mädchen. Ach, an die brauchst du nicht zu schreiben, lohnt sich nicht. Sie wird sich wahrscheinlich auch nicht nach mir erkundigen, falls ich ausbleiben sollte. Tut sie's doch, schwätze ihr was vor. Sie ist von der Sorte, die sich gerne trösten läßt, in jeder Beziehung, wenn nur einer mit einer dicken Brieftasche kommt.«
»Du kannst dich auf mich verlassen.«
Johannes stand auf und löste eine Kette aus dem Knüppelverzug und gab sie Josef in die Hand.
»Du bist kindisch«, sagte er und warf die Kette über den

schlafenden Alten hinweg an den Hangendenstoß. Josef lachte meckernd. Er sah in die trübe Umgebung, auf den Schnarcher, auf Johannes.
»Du hast Fieber«, seufzte Johannes.
»Nein, nein, ganz klar bin ich. Verstehst du? Völlig klar.« Dann reichte er Johannes die leere Flasche hin. »Tut mir leid, daß sie jetzt leer ist. Sag es auch Stacho.«
»Was soll dir leid tun? Mir tut es leid, daß ich nicht aus den Steinen Wasser schlagen kann.«
»Warum? Wenn ich ab bin, kommen sie bald. Im Rohr ist ja schon Gewitter. Gewitter ...«
»Ich bin am Ende«, sagte Johannes.
»Duuuu? ... Aber ... aber du glaubst doch?«
Sie sahen einander an, und ihr Staunen war gleich, wenn auch von verschiedener Herkunft.
Verdammt! Welch ein erbärmliches Leben. Da sitzt man nun mit Hoffnung und Verzweiflung, und die Angst krallt sich auf Brust und Nacken fest. Und man weiß, dies hätte nicht zu sein brauchen, wenn ... ja, wenn. Und immer habe ich Josef ein wenig spöttisch betrachtet und im Spott sein Leben taxiert, etwa so, wie ein Übergeordneter in Eitelkeit seine Untergebenen mißt. Ich hielt ihn nur für einen Genießer und Verschwender. An seinen Zoten – zu jeder Gelegenheit parat – erhitzte sich meine ach so ehrbare Erziehung. Formt die Einsamkeit den Menschen so um? Wo liegen die Grenzen menschlichen Fühlens und Denkens? Ich wollte ausziehen und reformieren, und ich lebte in dem Wahn, die Welt hätte nur auf mich gewartet, um glücklich werden zu können. Aus dem Hörsaal heraus wollte ich auf die Kanzeln steigen, dem Volk predigen, daß nur ich die Fähigkeit besäße, die Wahrheit auszugießen, daß andere vor mir nur blendende und verblendete Worte gesprochen hätten. Die Kirche wollte ich reinigen, sie behüten vor Zeloten und Lauen, die Mitläufer aus den Quer- und Längsschiffen jagen wie Christus die Händler aus dem Tempel. Und den Streitwagen der Protestanten wollte ich wieder zurechtzimmern, denn ich war in

der Vorstellung befangen, dieser Wagen sei längst fahr- und protestunfähig geworden und nur noch ein kümmerliches Wrack dessen, wie ihn der Gewaltige von Wittenberg in die Welt gestoßen, damit er Unruhe schaffe in den Herzen der Trägen. Sieben Lichter wollte ich dem Wagen aufsetzen, damit das Licht der Wahrheit in alle Winkel strahle. Was wollte ich eigentlich? ... Wollte ich die Wahrheit über die Liebe setzen? ... Ich bin blöde! ...

Von all meinem Wollen blieb nichts. Von allen hochfliegenden und eitlen und vermessenen Gedanken verbleibt nur ein jämmerlicher Ekel. Die Welt und ihre mannigfachen Wünsche sind für mich so klein geworden, nichtig und bedeutungslos. Ich lechze nach frischer Luft, wünsche mir einmal noch das Schauspiel der aufgehenden Sonne. Nur einmal noch den Meisen am Futterring zuschauen können!

Johannes wußte: Er war kein Saul. Er war ausgezogen, ein Königreich zu suchen, aber er hatte nicht einmal seines Vaters Eselinnen gefunden.

Sieben Uhr.

Stacho war erwacht. Kaum hatte er die Augen aufgeschlagen und sich umgesehn, als er Johannes schon anbrummte, die Lichtverschwendung grenze an Wahnsinn. Der Junge schaltete sofort die Lampe ab, aber der Alte schrie: »Laß die Funzel brennen!«

Dann gähnte der Alte ausgiebig, die Backenknochen knackten und minutenlang rülpste er ununterbrochen. Als er sich neben Johannes gesetzt, Josef flüchtig betrachtet und seine übelriechenden Kleider geordnet hatte, fragte er: »Was los gewesen?«

»Und ob, Stacho. Wir haben Verbindung mit der Außenwelt.«

»Ach! Womit?«

»Durch das Rohr ...!«

»Wieso, können wir durchkriechen?«

»Nein, aber Klopfverbindung haben wir endlich. Es kom-

men Signale, auch unsere Signale werden drüben verstanden.«
»Ach so ... Signale ... na ja ... davon werden wir auch nicht satt.«
»Hätte ich dich wecken sollen?«
»Warum, war der Betriebsführer hier?«
»Wegen der Signale, meine ich.«
»Blöde Klopferei ... nützt uns nicht viel.«
»Stacho, es wird höchste Zeit, daß wir rauskommen, meine ich.«
»Wird es Zeit, so?«
Hubalek hatte noch ein Butterbrot, gab Johannes eine Hälfte. Der Junge aß sofort, wenn auch unlustig. Der bewußte Schrei nach Nahrung war verstummt. Bevor der Alte jedoch sein Brot zu verzehren begann, kratzte er den Staubbelag aus der Mundhöhle, von Zunge und Zähnen; das tat ihm gut, denn beim Kauen summte er eine Melodie. Nachdem sie das Brot – eine ausgedörrte und übelriechende Masse – verzehrt hatten, hob Stacho eine Spitze von der Sohle, brach aus dieser einen Splitter und nagte daran herum. »Mach es auch so«, sagte er zu Johannes, »das hilft gegen den Durst.« So sehr Johannes der Durst plagte, er befolgte den Rat nicht; schlafen wollte er, nur schlafen. Im Schlaf die Müdigkeit begraben und vom Vergessen aus der Gegenwart gelockt werden, die Angst umgattern. Als er schon im Kohlenbett lag, die Glieder ausstreckte und um Schlaf flehte, merkte er, daß all das Verlangen nach Schlaf weiter nichts war als eine Müdigkeit, die, wenn man ihr nachgab, äußert gefährlich zu werden drohte. Er sprang auf und setzte sich abermals an Stachos Seite. Johannes wollte etwas tun, etwas, das er längst wußte, aber nicht mit Worten benennen konnte.
Der Alte hockte da, die Ellenbogen auf den Knien, den Kopf in die Hände gestützt, und glotzte ausdruckslos auf die Steinwand gegenüber. Und Johannes wurde alles zum Ekel: die verstaubte und juckende Haut, die kratzenden Barthaare,

die schmierigen Finger, das schmutzüberkrustete Gesicht, die trockene Zunge.

»So sag doch was. Brüte nicht wie eine Henne im Dreck!« fuhr der Alte den Jungen an, während er einen Ellenbogen in Brinkmanns Hüfte stieß.

»Du sagst ja auch nichts.«

»Mir ist die Puste ausgegangen. Einen Strick her, dann hänge ich mich an der nächsten Kappschiene auf.«

»Dein ganzer Mut ist wohl im Eimer.«

»Mut! Mensch Mut! Ein Bett, ein Faß Wasser – kann auch Bier sein –, zwanzig Kalbsschnitzel oder auch eine knusprig gebratene Gans.«

»Ich auch.«

»Du? Du brauchst nur eine Bibel, dann bist du satt.«

»Oder hungriger.«

»Blödmann.«

Sie hörten auf das Rohr, das ihnen nach wie vor eine Fülle verschiedenartigster Laute zubrachte. Sie unterschieden wieder besondere Geräusche, die ihre Vorstellungskraft reizten.

»Was fangen wir nur an, wenn wir Silvester noch in diesem Stinkkasten sitzen.«

Johannes sah erschrocken auf. »Du meinst, daß wir übermorgen noch hier sind?«

»Ich meine gar nichts. Wie ein Hündchen komme ich mir vor, das vor der Tür wartet, weil es auf einen Spaziergang mitgenommen werden soll.«

»Wir machen einen Budenzauber«, versuchte Johannes zu scherzen.

Er lachte trocken und gequält.

»Sicher! Wir bewerfen uns im Stockfinstern mit Steinen. Und wer zuerst trifft, darf dem anderen dann die Kehle durchschneiden und sein Blut aussaugen.«

»Sei nicht albern.«

»Meinetwegen kannst du auch deinen eigenen Urin saufen, wenn du noch welchen hast. Du kannst Prosit Neujahr sagen. Auf die Zukunft, auf sonnige Tage. Hahahaha. Was sind wir fröhliche Menschen. Verdammte Scheiße, das Leben, verstehst du? Jahrzehntelang tippelt man zur Zeche, kriecht zu einer Zeit aus dem Bett, wo andere noch schlafen, oder geht zum Pütt, wenn vernünftige Menschen sich schlafen legen, tut schlecht und recht seine Arbeit, fährt wieder aus und ißt unlustig den Fraß, der auf dem Tisch steht, guckt ein paar Stunden in den hellen Tag, geht wieder schlafen, und das Einerlei beginnt von vorn. Jeden Zahltag holt man sein sauer verdientes Geld und rechnet gleich, ob es noch für ein paar Bierchen reicht. Alle zehn Jahre bekommt man einen neuen Anzug, alle fünfzehn einen neuen Mantel. Mit fünfundzwanzig wird geheiratet, mit dreißig hat man die Frau über, weil sie eine Schlampe geworden ist. Zum Teufel! Was ist denn nun Leben? Lohnt es sich überhaupt? Freundchen, wenn ich meine Tauben nicht hätte. Die bleiben wenigstens; die Kinder gehen, wenn sie flügge geworden sind.«

»Und warum lebst du dann noch?«

»Warum? Vielleicht aus Versehn, was weiß ich. Zieh die Uhr auf.«

Es war neun Uhr durch.

Stacho stand auf und ging, die brennende Lampe in der Rechten, zum Bruch hinunter; Johannes folgte. Nach wenigen Schritten blieb der Alte stehn, drehte sich um und sagte: »Ich habe Geschäfte zu erledigen, verstehst du? Geschäfte. Da muß ich alleine sein, verstehst du?«

»Ach so! Deshalb stinkt es da vorne so erbärmlich.«

»Was? Na, dein Abfall riecht natürlich nach Siebenundvierzigelf. Klassemann du. Versteht sich, warum auch nicht? Aber komm schon, war blinder Alarm, Gewitter hat sich verzogen.«

Am Bruch setzten sie sich auf ein quergelegtes Schalholz und besahen lange stumm und stier die Zerstörung. Johannes versuchte, seine Gedanken zu konzentrieren, er suchte nach einer Ordnung in dieser Auflösung.

»Tun müßte man was, tun! Nicht hier sitzen und ein Mosaik

in die Steine glotzen. Nicht auf besseres Wetter warten. Wir müssen selbst was tun, um hier rauszukommen, nicht alles den andern überlassen. Das Warten ist zu bequem, Stacho. Du hast doch selbst gesagt, der Zug könnte unterwegs eingeschneit sein oder versaufen.«

»Aha, wachet und betet. Oder hilf dir selbst, dann ...«

»Laß das jetzt. Ich sage dir, wir müssen verdammtnochmal was tun, wenn wir noch heil hier rauskommen wollen. Es muß sich was ändern, so oder so, wie bisher kann es nicht weitergehn. Siehst du denn das nicht ein? Du bist doch ein klardenkender Mensch, hier denkst du plötzlich überhaupt nicht. Was ist los mit dir?«

»Dann los, tu schon was!« brummte der Alte, »aber laß mich in Ruhe, ich brauche meine Kräfte noch.«

»Wofür?«

»Zum Warten! Zum Leben! Du Arsch mit Ohren.«

»Vorhin wolltest du dich aufhängen.«

»Ja, damit ich dein verblödetes Gesicht nicht mehr zu sehen brauche, wenn du es genau wissen willst.«

Johannes hatte die letzten Worte des Alten nicht mehr gehört, er hatte sich erhoben und den Steinberg erklettert. Dann hob er einen Stein auf, wog ihn sekundenlang abschätzend in der Hand und schleuderte schließlich den Schiefer fort, von einer steinernen Wirrnis in die andere; und er beugte sich wieder und faßte den nächsten vor seinen Füßen und warf ihn fort. So löste er Stein für Stein aus der Ruhe und warf sie an Stacho vorbei in den linken Stoß.

Eine halbe Stunde arbeitete Johannes angestrengt. Ohne nach links oder rechts zu sehn, warf er die Steine von einem Dunkel über den Lichtkreis der Lampe hinweg in das andere Dunkel. Stacho saß, schaute zu, war überrascht und amüsiert zugleich. Langsam geriet Johannes in Wut und Schweiß. Über Gesicht und Oberkörper markierte der Schweiß helle Striemen, und der Atem des Jungen floh heiß und trocken durch den gedörrten Mund.

Zuerst sah Stacho dem Treiben ruhig zu, lächelnd und

widerspruchslos, so wie man einem Kinde zusieht, das sich vergeblich bemüht, Fingerhandschuhe über Fäustlinge zu stülpen. Und als Johannes nicht von der sinnlosen Arbeit ließ, nur kräftiger, wütender und konzentrierter in das Steinmeer faßte, bewunderte der Alte den Eifer und die noch vorhandene Kraft nach so vielen entbehrungsreichen Tagen. Stacho staunte, hatte er doch in dem übermüdeten, ausgehungerten und ausgetrockneten Körper niemals diese Energie noch vermutet, erst recht nicht in dieser stinkenden, sich stetig verdünnenden Luft. Er staunte auch, mit welch gläubiger Hingabe der Junge dem Berg zu Leibe rückte. Als Johannes aber nach geraumter Zeit immer noch nicht von seiner Wüterei ließ, das Arbeitstempo ekstatisch steigerte, wurde der Alte ärgerlich.

Und nach wiederholten Aufforderungen, endlich den Irrwitz zu lassen, verwandelte sich Stachos Ärger in Zorn. Stacho sprang auf und schrie Johannes an: »Du verrücktes Aas, laß endlich den Blödsinn! Du hast ja den Grubenkoller!«

»Hau ab! Geh weg!« schrie der Junge zurück, »ich werde dir schon beweisen, daß wir noch was anderes tun können als warten. Du mit deinem Warten. Waaarten! Verflucht und zugenäht, du verdammter Kerl, du willst nur, daß ich hier verrecke.«

»Du sollst aufhören! Merkst du denn nicht, daß zuviel Luft verbraucht wird? Kommst sowieso keinen Schritt weiter.«

Johannes kümmerte sich nicht um das Geschrei, er schuftete wie ein Besessener, nur Augen und Hände für den graugrünlich schimmernden Stein. Brocken für Brocken faßte er und schleuderte sie an eine andere Stelle. Ein Stehaufmännchen. Bücken, heben, werfen – wie zudiktierter Rhythmus, dann hielt er inne, und sagte mit fliehendem Atem und gehetzter Stimme: »Lange genug habe ich deine Tyrannei ertragen, dein widerliches Geplärr. Jetzt handle ich, verstanden? Ich! Und ich will nicht abkratzen, eine Stunde bevor sie uns rausholen. Ich tue endlich was. Ich lasse mich nicht mehr

bevormunden. Bleib nur ruhig sitzen und verpeste die Luft.«
Da hatte Stacho Mitleid mit ihm, denn Angst und Unerfahrenheit umdunkelten den Verstand des Jungen. »Komm, Hannes«, sagte da Stacho begütigend, »laß doch, es hat keinen Zweck. Noch eine halbe Stunde so weiter, und du fällst um. Dann bist du total erledigt.«
»Geh weg! Geh weg! Ich brauche deine verdammten Ratschläge nicht. Endlich ein Ziel, fast zu spät. Ich höre nicht eher auf, bis ich denen da drüben die Hand reichen kann. Kümmere du dich um deine Angelegenheiten, laß mir die meinen.«
Der Alte brauste auf.
»Hier gibt es keine privaten Angelegenheiten, mein lieber Mann, hier nicht. Nirgendwo in der Grube. Was mir guttut, ist auch für dich gut! Verstehst du? Nein? Ich dachte, du hast Verstand? Blöde bist du, mehr als das. Meinetwegen könntest du dich totschuften, aber du nimmst mir die Luft weg. Schluß jetzt!«
Johannes tobte weiter in seinem Wahn. Bücken, heben, werfen. Er schuftete ohne Unterlaß, als gelte es, die Welt vor dem Einsturz zu bewahren, und ohne zu bedenken, daß auch seiner Kraft Grenzen gesetzt waren. Kinder haben das, daß sie laufen und laufen und nicht wissen, wie gefährlich sie am Abgrunde einherschwanken. Oder Tiere, die mitten im Lauf zusammenbrechen, weil sie ihre Kraft nicht bemessen können. Auch der erwachsene Mensch wird davon nicht verschont, sobald eine fixe Idee ein klares Überlegen ausschließt. Steine heben, wegschleudern, bücken, Steine heben, wegschleudern, bücken – doch bald erkannte der erfahrene Hauer, daß sich der andere verausgabt hatte.
Johannes' Oberkörper, gebadet in Schweiß, schimmerte wie schwarzer, polierter Marmor, und das Weiß der Augen hüpfte bei jeder Bewegung, bei jedem Arbeitsvorgang auf und ab im Dämmer der mit Hoffnungslosigkeit umbauten Zelle.
In Stacho raste der Zorn, seine Stirnadern schwollen zu

festen Schnüren. Mit hartem Ruck riß er Johannes zu sich herum und schrie ihm ins Gesicht: »... Du Idiot! Du Kamel! Halt ein! Du ruinierst dich! Laß das endlich, es hat keinen Zweck!«

Johannes stieß ihn zurück, verärgert darüber, daß seine Arbeit unterbrochen wurde. Wieder frei, werkte er weiter: Bücken, heben, werfen.

Ich muß hinaus! Ich will leben. Ich werde es schaffen, gewiß, ich werde es schaffen. Vier Tonnen habe ich bestimmt schon abgeräumt. Prima. Vier Tonnen näher zu Tage. Der Alte? Ekliger Kerl, man müßte ihn erwürgen, elender Schleicher. Der Teufel soll ihn holen. Mit einem Stein könnte ich ihn erschlagen, falsch werfen, zufällig treffen. Hurra, das ist ein Gedanke! Dann bin ich das Scheusal los. Ach was, ich habe noch Kraft, in bin gesund, kann Berge einreißen, ich brauche ihn nicht. Einen Stein an seinen Kopf werfen, ganz zufällig. Dadidada, daadiidada! Ein Gedanke! – Er hielt einen kopfgroßen Stein in der Hand. Er sah nicht hin, als er ihn nach Stacho warf. Abgewandten Blickes wartete er, was sich hinter seinem Rücken tun würde. Na? Nichts? Fluchen. Aha, nicht getroffen. Versuche es noch einmal. Muß klappen. Es muß geschehn, bald, wenn ich noch einmal hier rauskommen will.

»Paß doch auf, du Kamel, guck, wo du hinwirfst! Der Stein hätte mich fast getroffen. Wenn du schon nicht gescheiter werden willst ...« murrte Stacho.

Er ahnt nichts. Gut so! Warte ein paar Minuten, dann wieder, muß dann aber treffen. Niemand kann mir etwas nachweisen, ist eigentlich toll. Hier unten hat die Polizei nichts zu melden. Alles höhere Gewalt. Wie wird man mich umwerben, mich bestaunen, mich, den einzig Überlebenden. Aua, spitz der Stein, verflucht, hätte ich nur Handschuhe mitgenommen. Bam bam bam baaaam! Dritter Satz ist der beste. Was Josef macht? Den brauche ich nicht aus der Welt zu räumen, geht klugerweise von selber, höhere Gewalt. Diida didadidi didadidi.

»Paß auf, wohin du deine dämlichen Steine wirfst!«
Hund, elender! Bam bam bam baaaam! Lisa, wenn du jetzt da wärst! Verdammt, meine Hände fangen an zu zittern, verdammtnochmal, ich muß näher an ihn herangehn. Was nützt es mir, wenn ich ihn nur verletze, dann wird er wild, er kann kein Blut sehn, bringt mich um, ist stärker als ich. Soll ich? Einer muß weg. Mir kann keiner was beweisen, keiner. Werden sich freuen, wenn ich zurückkomme, und keiner wird fragen, wie die andern umgekommen sind. Ich kann schweigen, auch im Suff. Jetzt habe ich den richtigen Stein, nicht zu schwer, liegt wunderbar in der Hand, wie eine Sichel, spitz. Er beobachtet mich, aber er ahnt nichts. Jetzt ... nein ... Helm sitzt wieder auf dem Schädel, muß warten bis er sich den Kopf kratzt. Verdammt, sollte es doch nicht tun, was habe ich davon? Hat sich immer geplagt. Aber ich tue es doch. Werde ich mein ganzes Leben herumlaufen können, ohne zu schwätzen? Ich werde es doch tun, egal was kommt. Nein? Warum nicht? Ist er stärker? Kaum. Aber treffe ich nicht gleich total, ergeht es mir schlecht. Verdammt, werden die Steine eigentlich nicht weniger? Hätte der Alte von Anfang an mitgeholfen, könnten nun elf Tonnen abgeräumt sein, elf Tonnen näher an der Sonne.
Bücken, heben, werfen, Stein heben, Stein fortschleudern.
In Johannes tobt die Verzweiflung und er suchte, wohin er sie werfen könnte. Nicht das Unglück machte er für sein Leben verantwortlich, sondern nur Stacho, der wenige Meter entfernt ihn zornig beobachtete.
Johannes drehte sich um, sah den Alten an. Wieder wog er einen Stein in der Hand, suchte sein Ziel. Und da war es dem Alten zuviel, er schrie auf, schrill-heiser, als sei er geschlagen worden, und er streckte seinen Arm in die Nacht, riß mit seinen riesigen Händen Johannes zu sich heran, und sekundenlang standen sie Gesicht gegen Gesicht; der Atem des Zornigen streifte den Atem des Verzweifelten.
Johannes stieß seine Faust vor Stachos Brust; der wankte, stürzte, im Fallen schürfte sich der Alte an einem aufgeplatz-

ten Stempel die Hände blutig. Sofort wandte der Unbelehrbare sich wieder seiner Sisyphusarbeit zu, besessen von dem Wahn, bald werde der Wetterzug seinen heißen Körper versöhnend umspielen. Wütend über den Steinberg, der nicht kleiner wurde, wühlten seine Hände von neuem in der Wirrnis des zerflossenen Gesteins. So war es ihm auch entgangen, daß Stacho sich wieder aufgerichtet hatte und den Arm schwang. Dann schlug der Arm Johannes wie der Hammer den Amboß.

Der Hieb traf einen völlig Ahnungslosen. Johannes heulte auf, Sekundenlang sah er nichts mehr.

Stachos angestaute Wut mußte sich entladen. Er hatte zugeschlagen, weil er nicht länger mit ansehen wollte, wie dieser in seiner Hirnvernageltheit weitertobte, Kräfte verzehrte, Luft verbrauchte, Staub hochwirbelte.

Johannes saß noch blind im Geröll – da packte der Alte den Jungen und zerrte ihn in die Strecke, wo er nochmals mit ungezielten Schlägen auf ihn einhieb, dabei heisere, halberstickte Worte gurgelnd.

Aufgeschreckt vom Schmerz, erwachte in Johannes der Selbsterhaltungstrieb, und er hämmerte auf den Alten ein, mit letzter Kraft unendlicher Verzweiflung und heulender Wut.

Haßgetrübten Auges wechselten sie Schlag auf Schlag. Es war kein Raufen oder Balgen im üblichen Sinne, nicht eine tätliche Zurechtweisung. Das war der fanatische Kampf zweier Männer gegeneinander, ein Kampf in der Hölle, in der es nur ein Miteinanderüberleben geben konnte. Minutenlang blieb ungewiß, wer wen zerschmetterte, ob die Kraft des Alten siegte oder die Geschmeidigkeit des Jungen. Da stürzte Johannes über eine freiliegende Stege, und der Alte warf seinen schweren Körper auf ihn. Ein Schrei des Alten – es war ein Brüllen ohne Namen. Johannes wehrte verzweifelt die würgenden Hände Hubaleks ab, die wieder und wieder versuchten, seinen Hals einzuschnüren. Er schlug mit Armen und Beinen, und nun schien es so, als ob nur einer

diesen Kampf überleben würde. Die Verbissenheit war zum verzehrenden Haß geworden. Der Bergkoller warf geistige Umnachtung über sie. Hier der Haß des Kaffeeflaschen- und Stullenträgers auf den noblen Pinkel mit der schwarzseidenen Krawatte, dort der Haß auf den Zotenreißer, dem nichts wert noch heilig war außerhalb seines Gedinges, der höchstens noch Staketenzäune ausbesserte und Brieftauben auf die Reise schickte.
Kein Zweifel, nur einer hätte diesen Kampf lebend bestanden, wenn nicht etwas eingetreten wäre, das sie später in ihre Träume verfolgen sollte, ihr Gewissen schreckte, fortan die Unruhe ihrer Herzen blieb. Ihre Raserei erfuhr eine Unterbrechung wie das »break« des Ringrichters.
Was an ihre Ohren fiel, war nicht der Trennungsbefehl. Was an ihre Ohren schlug, war Gesang, unwirklich in dieser unwirklichen Welt. Sie blieben, wo sie in der letzten Sekunde des Kampfes lagen, keuchend, schweißtriefend, an der Grenze der physischen Erschöpfung, und sie horchten in die Nacht, staunend und erschreckt zugleich.
Gesang!
Die ersten Worte verstanden sie nicht. Sie hörten nur Fetzen, in eine verwaschene Melodie eingebettet. Doch bald stießen die Worte deutlicher in den Raum: »Das Leben ist ein Würfelspiel, wir würfeln alle Tage, dem einen bringt das Schicksal viel . . .« der Rest ging in bitteres Gemurmel über. Sie richteten sich auf, lösten sich aus der Umklammerung. Johannes ging in Kniestellung, den Kopf lauschend ins Dunkel des Ortes gestreckt. Stacho hustete laut und würgend, so daß auch der Anfang des aufschwellenden Liedes unverstanden zerrann. Erst als er den Hustenreiz unterdrückte, vernahmen sie die Worte, die Melodie. Josef sang ». . . die Keilerei ging nochmal gut, es war erst eine Frau kapuuut, vidirallala . . . vidirallala . . . lala . . . lila . . . lalilala . . .« Ruhe.
Fünf bis zehn Minuten absolute Stille. Stacho erhob sich und richtete die Lampe, die während ihres Kampfes zwischen

Schiene und Stege gerutscht war. In dem asthmatisch flakkernden Licht sahen sie einander an, frei von Haß, aber fremd. Johannes' Stirn blutete und das Blut verkrustete im Kohlenstaub.

Aus seiner gestützten Haltung abgerutscht, kauerte er auf den Stiefelabsätzen, Arme und Hände zitterten und es war nicht klar, wovon: vom Kampf mit Stacho – oder vom Schrecken über diesen gespenstischen Gesang?

Stacho stand einen Meter von Johannes, schon ruhiger, wenn ihn auch hin und wieder Hustenanfälle schüttelten. Auch sein Gesicht war mit Blutfäden überzogen, rötlichschwarze Streifen über Stirn und Wangen. Der Alte faßte das Handlicht und wollte zum Ort laufen, aber da hörten sie wieder das Singen. Und diesmal quollen die Worte jubilierend auf, schwebten entrückt durch die Strecke. Rein und akzentuiert die Worte, vertraut die Melodie. ». . . und der Haifisch, der hat Zähne, und die trägt er im Gesiii . . .« das letzte Wort zerbrach, das »i« irrte noch, einer gesprungenen Geigensaite gleich, an den Steinwänden entlang.

Die beiden sahen sich immer noch an.

Und wieder rollte die Stimme des Rohres wie ein Geläut, dumpf, als hätte man den Glockenschwengel mit einem dämpfenden Tuch umwickelt. Die Signale, die durch das Rohr jagten, rüttelten sie auf, jagten sie aus Traum und Dämmer und befreiten sie von dem Banne des verklungenen Gesangs. Durch das Rohr kamen Schläge wie vor Stunden.

Kurze Pause, dann ein peitschendes Schlagtrommelfeuer; jenseits des Bruches mußten mehrere Männer gleichzeitig das Rohr betrommeln. Es war plötzlich laut geworden, zum Freuen und Hoffen. Voll Erwartung sahen sie auf das Rohr, von Flansch zu Flansch, fünf Meter hin, fünf Meter zurück, als würde jeder Schlag nun Gestalt annehmen: ein Mensch, ein Wasserfall, die Sonne.

»Wir müssen antworten!« rief Johannes. Stacho streckte abwechselnd die unbelastete Hand aus, lauschte weiter in

den nun beruhigten Raum. Tiefe Stille.
Die Welt draußen existierte für sie nicht mehr. Johannes erhob sich. Übelkeit bis zum Erbrechen peinigte ihn, auf der Zunge lag Säuerliches, und der Schwindel tanzender Sterne blendete seine Augen.
Und da, Stacho war schon in Bewegung, verlosch das Licht. Zuckend verglühte es unter der Glasglocke. Unwillig warf der Alte die Lampe in die Steine, und sie hörten, wie das Glas zerbrach. Dann forderte Stacho den Jungen auf, sich an seinem Gürtel festzuhalten, damit er sicher bis zum Ort gelange.
Gemeinsam stakten sie in der totalen Finsternis dem Ort zu, langsam und bedächtig, Fuß vor Fuß, Schritt vor Schritt, und jeden Schritt zählte Stacho laut: sechzehn, siebzehn, achtzehn, neunzehn, zwanzig . . . Dann stolperten sie und stürzten, und für einen Moment hatten sie die Orientierung verloren, wußten nicht, was vorne und hinten, nicht wo Hangendes und Liegendes war. An einem Merkzeichen, das Johannes nach längerem Fühlen am Rohr ertastete, konnten sie die Richtung ermitteln. Sie stelzten weiter wie vordem, die Beine jedoch höher hebend, und der Alte zählte wieder: fünfundzwanzig, sechsundzwanzig, siebenundzwanzig, achtundzwanzig. Bei fünfunddreißig blieb Stacho stehn und sagte, daß er nun allein weitergehen wolle, sonst könne er noch über Josef stürzen. Die Verzugsknüppel des Hangenden fassend, bewegte Stacho vorsichtig seinen Körper Handbreit für Handbreit vorwärts, bis sein Fuß an eine der Gezähkisten stieß. Nun wußte er, wo er war. Er legte sich auf den Bauch und robbte die wenigen Meter, die ihn von Josef und der ungebrauchten Lampe trennten.
»Sepp! Hörst du! Schalte doch die Lampe an! Verdammt, hör doch!«
Nichts, nur seinen eigenen Atem konnte er hören. »Junge, Junge, der schläft aber. Na, vielleicht gut so.«
Und er überlegte, wo die dritte, die unverbrauchte Lampe abgestellt war.

Im Weiterkriechen stieß seine Hand Josef an, und gleich darauf hatte er auch schon die Lampe gefaßt; aber es war die, die zuerst ausgebrannt war, denn als er den Glasknopf drehte, zuckte nur ein Glühwürmchen auf und versank sofort wieder.
»Hannes, weißt du, wo die Lampe steht?«
Er tastete weiter den mit Jacken überdeckten Körper des Schlafenden hinauf, bis er endlich das Licht greifen konnte. Endlich tauchte wieder ein junges, volles Licht ihre Umwelt in Hoffnung.
Ein Ausruf – mehr verwundert als erschreckt – und ein ausgestreckter Arm zeigte Johannes, wohin er zu blicken hätte. Anfangs begriff der Junge die Verwunderung des Alten nicht, dann aber stieß er einen Fluch aus.
Josef war tot.

Je länger sie das Gesicht besahen, desto mehr glaubten sie, sich getäuscht zu haben, denn es lächelte, und es schien zu leben, und der halbgeöffnete Mund schien noch immer zu singen.
Das Licht goß Konturen auf, Gegenstände erwachten zum Leben in scharfer Umrahmung, und selbst die Schatten ihrer Körper trugen Zeichen der Heiterkeit. Trotz stickiger Wärme war ihnen, als wehe von irgendwoher eine Kühle, ein frischer Wind.
Johannes nahm seinen Helm ab und warf ihn zwischen die Schienen, er war es leid geworden, ständig diesen Schweißspeicher mit sich herumzutragen. Der kniende Alte sah es und meinte, das Entblößen des Kopfes gelte dem Toten. Er tat es dem Jungen nach und klemmte den Helm zwischen Rippen und Oberarm. Er tat dies mit einer so feierlichen Geste, daß Johannes lachen mußte. Erstaunt sah der Alte um sich, und als er den Jungen in seiner blöden Erheiterung sah, stand er auf und klatschte ihm eine Ohrfeige.
Dann faßte Stacho Josefs Oberkörper, zog ihn zu sich heran und stierte lange auf den Toten.

Johannes stand immer noch da und blickte abwechselnd auf den Alten und auf Josef und wieder auf den Alten, der da hockte, als sei alles Unrecht dieser Welt ihm gebündelt vor die Fuße geworfen worden.
In Johannes keine Regung, kein Deut von Teilnahme. Er setzte sich neben den Alten. Es ist alles so verworren, dachte er, so blöde und sinnlos.
Selbst der Alte sagte: »Es ist so verrückt, alles so verrückt.«
Schweigen.
Stacho kratzte sich mit allen zehn Fingern den Kopf, und nachdem er das ausgiebig und mit Behagen getan hatte, schüttelte er sich und murmelte: »Mausetot, Ha, war'n Theater.«
Johannes sagte nichts.
»So sag doch endlich was!« rief Stacho.
»Was soll ich sagen? Was?«
»Irgend etwas, irgend was.«
»Ich weiß nichts.«
Der Alte lief einige Zeit zwischen den Schienen auf und ab, kratzte wieder seinen Kopf und grunzte behaglich dabei. Dann hustete er und spuckte um sich. »Alles Dreck im Magen. In den Därmen wird auch nur Dreck sein.«
»Da ist gar nichts.«
»Aber das Wasser«, er stampfte mit dem Fuße auf, »das Wasser mußte er noch saufen. Verdammter Kerl. Wenn ich mir vorstelle, daß wir noch eine Flasche Wasser hätten ... brrr ... das, das ist nicht auszudenken.«
»Ich stelle mir nichts mehr vor.«
»Ach!«
Die Rohrgeräusche tröpfelten.
»Wir verrecken, wirst sehn«, sagte der Alte.
»Nein, wir verrecken nicht«, sagte der Junge.
»Ach!« Als er sich wieder gesetzt hatte, rief er: »Du bist ein selten dämlicher Kerl.«
»Ich hoffe immer noch.«
»Auf was denn?«

»Ich weiß nicht recht, auf irgend etwas. Es wird sich schon was tun, denke ich.«
»Mahlzeit! Dann hoff nur! Mir ist es um das Wasser leid. War doch für die Katz, hätte es ebenso in die Kohle schütten können. Wir könnten uns jetzt den Bauch vollschlagen.«
»Laß mich in Frieden.«
»Den bekommst du früh genug. Fragt sich nur, wann. Aber Stunden spielen wohl keine Rolle.«
»Na eben.«
Dann nahm Hubalek seinen Rock wieder an sich, mit dem er Josef eingehüllt hatte. Auch Johannes warf er den Rock zu. Sie zogen ihre Jacken über. Stacho streckte sich in der Kohle aus.
»Komm her, leg dich auch hin. Wir sparen Licht. Wir haben es nötig. Ich bin fertig.«

Unwillig folgte der Junge dem Ratschlag des Alten. Er legte sich flach, löschte das Licht und verkrümmte den Lampenhaken hinter seinem Gürtel. Hingestreckt erst gewahrte er die bleierne Müdigkeit, die Auflösung der letzten Kräfte, die nur noch die Hoffnung zusammengehalten hatte. Noch einmal schaltete er die Lampe an, sah zur Uhr: drei vorbei.
»Wenn mich jetzt einer fragen würde, was Hunger und Durst ist, Stacho, ich könnte keine Antwort geben.«
»Dafür weiß ich es um so besser. Ich könnte meine eigene Pisse saufen.«
»Ob man damit seinen Durst löschen kann?«
»Weiß nicht, noch nicht probiert. Soll aber schon vorgekommen sein, hat mir einer erzählt, der in der Gefangenschaft seinen Urin soff. Meist sind das ja Übertreibungen, pure Aufschneiderei.«
»Sicherlich.«
Aus dem Rohr hämmerten die Geräusche, ein Geräusch, das nie verebbte, nie sich steigerte, monoton dahinfloß wie das Wasser eines Sturzbaches. Nur das Rohr überbrachte die Gewißheit, daß wenige Meter entfernt Männer sich abmüh-

ten, sie wieder in die Freiheit über Tage zu holen.

»Sepp hat es auf jeden Fall besser«, sagte Johannes.

»Besser!« schrie der Alte. »Du Waldheini, ich will leben, verstehst du? Lebenlebenleben! Kein ewiges, du Heilsapostel, hier auf der Erde, achthundert Meter höher möchte ich leben, ganz egal wie.«

Flüsternd fuhr er fort: »Was war schon mein Leben? Schuften, schuften, danke sagen, bitte sagen, Kratzfuß machen, froh sein, wenn man an der Futterkrippe sitzen durfte.«

Dann warf er sich auf den Bauch und hämmerte mit beiden Fäusten in die Kohle: »Ich will hier heraus! Ich will hier heraus. Ich muß meinen Gartenzaun reparieren! Wer soll es sonst tun? Katharina ist zu dämlich dazu!«

Dann weinte er, nicht aus Schmerz, es war die Wut der Hilflosigkeit.

»Du, Hannes!«

»Laß mich schlafen!«

Das Rohr gurgelte sturzbachgleich. Ungewiß nur, wohin der Sturzbach sich ergoß. Johannes schlief. Der Alte ärgerte sich darüber, er rüttelte den Jungen so lange, bis er mit einem kindlichen Schreckensruf erwachte.

»Trottel, schlaf jetzt nicht, ich will mich unterhalten.«

»Ich will schlafen.«

»Du tust, was ich sage.«

»Ja, Stacho.«

Nach wenigen Minuten – Johannes sank schon wieder in die umgatterten Bereiche des Vergessens – sagte der Alte: »Der Mensch hat doch eine Seele. Wenn der Mensch also eine Seele hat . . . oder hat er keine?«

»Er hat.«

»Ja? Wo ist dann dem Sepp seine? Ist doch mausetot der Kerl.«

Johannes gab keine Antwort.

»Jaja, da schweigen alle Flöten und alle Klugen.«

»Ja, Stacho.«

»Trottel. Wir gehen jetzt auf Seelenfang.«
»Ja, Stacho . . . auf was?«
»Auf Seelenfang. Die muß doch zu finden sein, oder? Ist genauso eingesperrt wie wir. Hahaha, gefangene Seelen, man lernt nie aus.« Nach Sekunden des Schweigens: »Und wenn wir dann das Ding gefunden haben, dann . . . dann . . . ja . . . was dann?«
»Ja, Stacho, du bist klug, ich mache alles mit, was du nur willst.«
»Pst, Pst!«
»Was ist?«
»Pst, nicht so laut, die Seele«, flüsterte der Alte. Dann lachte er bitter.
»Verdammt, habe ich einen Durst.«
»Wenn dein Schandmaul doch verfaulen würde«, sagte Johannes leise.
»Ich wußte schon immer, daß du ein frommer Mensch bist.«
Wieder Schweigen zwischen ihnen. Stacho hustete trocken und keuchend, wie ein Asthmatiker, der zu schnell die Treppe hochgelaufen war, während Johannes in eine betörende, wohlige Müdigkeit versank. Johannes war überzeugt, daß seine letzte Stunde gekommen sei; er war nicht einmal traurig darüber, nur etwas enttäuscht, daß diese Stunde so ganz ohne Aufregung abzulaufen schien.
So ist das also, wenn der Tod die Schläfen streichelt: beglükkend und lösend.
So ist das also, wenn der Tod ins Ohr flüstert.
Er konnte sich nicht erinnern, jemals in seinem Leben einen Wunsch gehabt zu haben.
So ist das also, wenn der Tod über die Lider fährt und den Körper schweben läßt . . .
»Schlaf doch nicht schon wieder, du Miststück. Immer diese Pennerei.« Ein Faustistoß weckte Johannes aus seinen Phantasien.
»Ich schlafe nicht, Stacho, ich träume nur. Und im Traum war ich mausetot.«

»Du wirst ein wunderbarer Toter sein. Du mußt dann nämlich deine Klappe halten.«
»Du redest doch, ich nicht.«
»Du sollst aber reden«, schrie Stacho wieder. »Ich ersticke, wenn keiner mit mir spricht. Katharina müßte hier sein, die kann quatschen, stundenlang über die übergekochte Milch.« Er schlug sich mit der flachen Hand vor die Stirn. »Verdammt, Katharina! An die habe ich überhaupt noch nicht gedacht. Na, so was! Was die wohl treibt?«
»Flennen!«
»Möglich, ist ein durchgedrehtes Frauenzimmer. Ich wette mit dir, die wird jetzt katholisch, nur damit sie jeden Tag in den Tempel laufen kann.«
»Kann schon sein!«
»Sei still, was weißt du denn, hast keine Ahnung vom Eheleben. So was, da liegt man hier und vergißt seine Frau.«
Nach einer Weile sprach er wieder, aber Johannes war gewiß, daß er nicht zu ihm sprach. »Kommt schon wieder, der Stacho, hat ein zähes Leben. Dann machst du mir Reibeplätzchen, schön dünn, in viel Fett gebacken. Keine Kirschen dazu, Preiselbeeren, mit viel Milch dran. Und dann werde ich dir zu Gefallen drei Tage schlafen, und wenn ich aufwache, muß ein Kasten Bier an meinem Bett stehn.«
Stille.
»Da, sie ist über mein Gesicht geflogen, ganz deutlich!«
»Wer?« fährt Johannes auf.
»Die Seele!«
»Das war Preßluft.«
»Idiot, als ob im Rohr noch Luft wäre. Es war die Seele, ganz bestimmt, du kannst mir glauben.«
»Demnach müßte die Seele Luft sein?«
»Das weiß ich nicht, das mußt du wissen.«
»Ich weiß auch nichts, ich will nur meine Ruhe haben.«
»Dann ist die Seele also im Himmel. Aber wo ist der Himmel? Alles luftleerer Raum! Oder auf einem anderen Planeten? Auf dem Mond? Auf dem Mars? Hier in der

Grube? He! Wowowowowowo? Sag schon, wo? Nichts weißt du, absolut nichts. Ihr glaubt etwas, aber wissen? Nichts wißt ihr. Und weil ihr nichts wißt, verdummt ihr das Volk. Es gibt keinen Himmel!«

»Auch keinen Gott?«

»Gott? Der ist jetzt am Bruch und treibt die Leute an, daß sie schneller machen.«

»Das besorgen schon die Steiger, da sind sie Gott über.«

»Man lernt nie aus, das wird sogar mir zuviel, das Stinkloch hier. Man müßte den Leuten da vorne etwas auf die Finger klopfen.«

»Sei ohne Sorge, das macht schon dein Gott, und den Gestank, den hast du selbst hier herein fabriziert.«

»Leck mich kreuzweis.«

»Laß mich schlafen, Stacho.«

»Nein!« schrie der Alte, »neinneinnein!« Er richtete sich auf. »Ich will nicht, daß du schläfst. Du faules Aas. Ich ersticke, wenn keiner mit mir redet.«

»Und ich, wenn du noch lange quasselst.«

»Weißt du, voriges Jahr waren auf einer Zeche in Bochum vier Mann eingeschlossen, kurz vor Weihnachten . . .«

»Wie komisch, es ist kurz nach Weihnachten, was macht das schon, alles derselbe Mist . . .«

»Halts Maul, laß mich reden. Also, die kamen schon nach zweieinhalb Tagen raus . . .«

»Und wir überhaupt nicht mehr . . .«

»Du sollst deine gottverdammte Dreckschnauze halten.«

»Na, dann rede schon.«

»Dann bekamen die vier acht Tage Urlaub, Sonderurlaub, versteht sich, wie das eben so ist.«

»Und wieviel bekommen wir?«

»Wir? Du hast doch eben gesagt, daß wir nicht mehr rauskommen, brauchen also keinen Urlaub mehr . . .«

»Wie geht es weiter, Stacho?«

»An einem Freitag kamen die raus, und am Montagmorgen kam dann die Sozialbeauftragte an ihre Türen und brachte

jedem hundert Mark . . .«
»Hundert Mark? Herzlich wenig.«
»Ne, das merkst du sogar. Und damit sollten die vier ins Sauerland zur Erholung fahren . . .«
»Mit hundert Mark?«
»Mit hundert Mark. Aber paß auf, es kommt noch schöner. Die Frau sagte also noch, die hundert Mark werden vom kommenden Weihnachtsgeld wieder abgezogen.«
»Stacho, du spinnst, so was gibt es doch nicht mehr in Deutschland.«
»Was es nicht alles gibt. Es kommt noch besser, mein Lieber. Einer hat das Weibsstück sofort in den Hintern getreten, obwohl doch das alte oder junge Mädchen nichts dafür konnte. Aber dann, dann kam in den Abendnachrichten durch den Deutschlandsender dieser Vorfall, zehn Stunden später.«
»Von der Ostzone?«
»Ist der Deutschlandsender vielleicht am Nordpol? Aber dann am Mittwoch, zwei Tage später, kam der Herr Betriebsratsvorsitzende persönlich an die vier Türen und sagte, sie könnten die hundert Mark behalten, brauchten das Geld nicht zurückzuzahlen, würde auch nicht vom Weihnachtsgeld abgezogen.«
»Und? Die haben doch hoffentlich dem Kerl die hundert Mark ins Gesicht geschmissen.«
»Wieso? Die Männer waren doch nicht zu Hause, waren doch zur Erholung.«
»Von den hundert Mark?«
»Nein, von der Inneren Mission, und du weißt ja, für die Weiber sind hundert Mark haben und nicht haben zweihundert.«
»Man sollte es nicht glauben. Stimmt das auch? Wie kann man das nach zehn Stunden schon durch den Rundfunk der Ostzone geben.«
»Warum fragst du mich? Ich kenn mich da nicht aus. In unseren Zeitungen stand es erst drei Tage später. Übrigens,

das war eine arme Gesellschaft, man kann das verstehn, die zahlten doch nur 14 Prozent Dividende.«
»Na dann, Stacho, dann kann man das auch verstehn.«
Und sie lachten sich an wie seit Tagen nicht mehr.
Stacho fiel in sein Kohlenbett zurück und starrte in die formlose Schwärze.
Johannes verfiel ins Grübeln, dann betete er, ohne es zu wissen.

Der Alte schüttelte den Jungen: »Was hast du da eben gesagt? Von Wüsten und Gefangenen hast du gesprochen.«
»Ich? Ich weiß es nicht, habe wahrscheinlich nur geträumt.«
Und als sie beide wieder ausgestreckt lagen, griff der Alte nach der Lampe an Johannes' Gürtel, schaltete das Licht ein und wiederholte: »Von Gefangenen hast du gesprochen und von Wüsten.«
»Ich weiß es wirklich nicht, Stacho.«
Dann schliefen sie wieder. Nur einmal, es war neun geworden, erwachte Stacho aus wirren Träumen, schweißgebadet. Er hatte im Taum Wunderliches vorüberziehen sehn: Bäche im Wüstensand und geöffnete Drahtverhaue, aus denen immerzu Menschen hervortraten in die grünen, von ockerfarbenem Sand umbetteten Täler. Als er wach geworden war, kicherte er über seinen Traum und lauschte voll irrer Freude in die Dunkelheit. Da war nichts fremd, die Dinge hatten ein vertrautes Gesicht. Er faßte die Lampe, schaltete sie ein und löste wieder den Haken aus Johannes' Gürtel. Mehrmals rülpste er, bis er zu dem Toten sprach: »Wärst du mal lieber bei deiner Nutte geblieben in Bochum, jetzt wäre alles . . . ach was . . . Schiet . . .«
Er brach mit dem luftleeren Hammer Kohle aus dem Flöz. Mühsam schaufelte er mit seinen Händen Brocken und Gekörn in die ausgebreitete Jacke und entleerte sie über Josef. Das tat er, bis von dem Leblosen nichts mehr blieb als ein schwarzer, länglicher Kohlenhaufen. Fängt in dieser Lage womöglich noch zu stinken an, wird wahrscheinlich

schnell verwesen. Würde für uns eine Katastrophe sein. Ist besser so. Was man im Leben nicht alles machen muß, dachte er. Jacke füllen, zusammenbündeln, hintragen, entleeren, eine ganze Stunde diese schwere Arbeit.
Als er fertig war, setzte er sich auf den aufgeworfenen Haufen und suchte in allen seinen Taschen nach Schnupftabak. Kein Krümchen mehr zu finden.
Was tue ich nur, wenn ich wieder oben bin? Zuerst muß ich meinen Zaun reparieren, vor der Frühjahrsbestellung im Garten muß er fertig sein, muß die Staketen eben kaufen, wird schon kein Vermögen kosten. Dem Hoffmann seine Tauben kaufe ich auch, kümmert sich ja nicht um die Tiere. Und den Taubenmist, den verkaufe ich bestimmt gut.
Er schaltete die Lampe ab, legte sich zurück und schlief ein.

Und während sie so im Schlummer der Erschöpfung lebten, das Rohr von Zeit zu Zeit Klopfzeichen aussandte, der Sauerstoffgehalt der Luft abnahm und der Kohlensäuregehalt anwuchs, wechselte der Tag zum 30. Dezember, zum vierten Tag ihrer Abgeschiedenheit im Stein.
Der neue Tag zählte erst wenige Stunden, da erwachten sie. Beide fast zur gleichen Zeit. Ein Frösteln rann über sie hinweg, und der Raum, in den sie nun sahen, erstrahlte im hellsten Licht. Die Ruhe war gebrochen.
Ungläubig sahen sie einander an und meinten, irgendwer habe einen Spuk entfacht, damit ihre Langeweile zur Kurzweil würde. Stacho schüttelte mehrmals den Kopf, als er Johannes' fragenden Blick auf sich ruhen sah. Der Junge blickte fassungslos. Stacho sah ebenso wie der Junge in die Taghelle und hörte ebenso gespannt in den Lärm des vordem so ruhigen Berges. Dann lachte der Alte, und auch Johannes erkannte bald: Nicht der Spuk wohnte zwischen den Steinen, die Technik spie Leben aus.
Die Luftlampe war es, die Licht spendete, das Jaulen kam vom Dynamo und das Zischen vom undichten Ventil. Stacho rannte zur Luttenführung und schraubte den Zuführ-

schlauch ab; gleich hernach sank das Gejaule in sich zusammen, Ruhe kehrte ein, der Staub lagerte sich ab, die Luft klarte auf.
Johannes sprang auf und schrie: »Mein Gott, jetzt kommen sie, jetzt kommen sie!«
Er glaubt in dieser Minute fest, die Retter stünden unmittelbar vor ihrer dünn gewordenen steinernen Tür, nur noch ein Hammerschlag, und die Pein gehöre für immer der Vergangenheit an.
Was war aber wirklich geschehen?
Die Arbeiter am Bruch waren an einer Stelle angelangt, an der sie es wagen konnten, Luft in das Rohr zu jagen. Frischluft, nötiger als Wasser oder Brot.
»Stacho, alte Haut, was ist jetzt? Ist es bald soweit?«
Der Alte sah nur zur Luftlampe empor, die an einem Stahlhaken von der Firste des Ortes hing.
»Abwarten. Weiß noch nicht recht, was die wollen. Die Luft können wir schon brauchen, das Licht auch, aber . . .«
»Ist schon wieder was nicht in Ordnung?«
»Wenn die Luft lange einströmt, bekommen wir hier einen Überdruckkessel, und der bekommt uns noch schlechter als dünne Luft.«
Sie traten unter die Lampe und freuten sich über die künstliche Sonne des Berges, die zum ersten Male nach Tagen wieder Hoffnung spendete.
Sie traten vor das undichte Ventil, das in Brusthöhe vor ihnen im Rohr eingeschraubt war, sie entblößten die Oberkörper und ließen dann den feinen Luftstrahl über den Körper gleiten. Die Luft blusterte die verklebten Haare auf, und es war, als umschmeichle Frühlingswind ihr winterlich dumpfes Leben.
Und schon tönte wieder der Signalschlag, das dumpfe rhythmische Dröhnen vom Rohr, der leibhaftig gewordene Morseapparat. Das Beil, eine umherliegende Lasche, das Pickeisen dienten als Taste zur Übermittlung ihres Kassibers in die Welt.

Bis acht Uhr morgens strömte die Luft ein, und für die beiden war es ein Glücksgefühl ohnegleichen, dazusitzen, zuzuhören, all dies zu sehen und zu fühlen. Dann nahm Stacho das Spitzeisen, hämmerte zehn bis zwanzig Schläge auf das Rohr – kurze Pause – darauf einen gewaltigen einzelnen Schlag. In der wortlosen Verständigung der Bergleute war das ein Haltsignal, und die andern verstanden auch sofort, was Stacho in den Schlag gelegt hatte. Der Dynamo der Luftlampe wimmerte ab, die Finsternis kroch langsam hervor, und das Rohr lag bald ohne Luft in seinen Ketten.
»Sag mal«, sagte Johannes, »wenn wir das Verschlußstück vom Rohr abschrauben oder das Rohr am Bruch auseinandernehmen, könnten wir doch in das Rohr rufen. Vielleicht könnte man sogar was zum Essen und Trinken hindurchpressen.«
»Wir haben keine Schlüssel, wir können das Rohr nicht auseinanderschrauben, und dann, guck dir einmal das Rohr am Bruch an, fast platt; ein Wunder, daß überhaupt Luft in solcher Stärke hindurchkam.«
»Zum Kotzen, nirgendwo ein Weg.«
»Beruhige dich. Bergleute werden sowieso nicht alt. Staub, Unfälle, alles kommt zusammen. Mit fünfzig ist unser Berufsleben so langsam aus. Lebensabend? Mensch, mit dreißig, vierzig oder noch mehr Prozent Staub in der Lunge, was heißt da schon Lebensabend? Dauernd die Sauerstoffpumpe in der Tasche. Früher haben wir für einen Schichtlohn von sieben Mark fünfzig gekämpft, dann waren wir Helden der Nation für acht Mark die Schicht, jetzt haben wir rund dreißig Mark die Schicht, die Arbeit ist dieselbe geblieben. Die Ärzte auch. Du mußt mal so eine Untersuchung beim Vertrauensarzt mitmachen, immer kv, tauglich für alle bergmännischen Arbeiten. Krank schreiben dich die Kerle nur, wenn du den Kopf unter dem Arm mitbringst, und da mußt du noch eine Bescheinigung der Ortspolizeibehörde vorlegen, daß es auch dein Kopf ist, sonst bist du gesund. Verstehst du?« Er stand auf und urinierte, und ein plötzlich

ausbrechender Hustenreiz schüttelte ihn so, daß er sich im Knüppelverzug des Stoßes festhalten mußte. Johannes wollte dem Alten behilflich sein, aber bevor er noch bei Stacho war, knickte er ein und fiel um.

Hubalek erschrak, er hatte nicht glauben wollen, daß der Junge so erschöpft war. Aber er besann sich nicht lange und schleifte den Hilfslosen in sein Kohlenbett. Er blies die Schläfen des Jungen. Als ein neuer Hustenreiz aufkam, saß er nur noch stumm, glotzenden Auges. Dann legte er sich ausgestreckt neben den Jungen. Kaum aber lag er, da knabberte es an seinen Stiefeln. Es störte ihn, aber er sah nicht hin. Nur seine Füße legte er bald auf die, bald auf die andere Seite. Ließ er die Füße einmal ruhig, begann das Geknabber von neuem.

Schließlich richtete er sich auf und entdeckte die Ursache.

Eine Maus.

Wahrhaftig eine Maus, der kleine Nager, der sonst nicht in die unmittelbare Nähe der Kumpels zu kommen wagt und bei der geringsten Bewegung in die unaufspürbaren Verstecke der Stöße schlüpft.

Da mußte selbst Stacho staunen.

Lange Zeit sah er dem Tier zu.

»Da guck einer an, die hat vergessen, sich rechtzeitig in Sicherheit zu bringen. Geht den Tieren wie den Menschen, auch bei Mäusen gibt es Dumme.«

Das Tier hatte für einen Moment, als der Mann vor sich hin sprach, das Nagen an den Stiefelsohlen gelassen, setzte es aber dann um so eifriger fort. Hubalek war glücklich, daß die Maus, vom Hunger getrieben, die Scheu vor den Menschen verloren hatte.

»Ja, mein Mäuschen, nage, nage, freß dich voll. Armes Tier, tust mir leid. Komm doch auf meine Hand, komm doch. Tu dir nichts. Brot habe ich selbst nicht mehr. Aber du hast die Freiheit, ich nicht. Das verstehst du nicht. Beneidenswert. Na komm schon, ich dressiere dich, bis du Wasser sagen kannst. Kch kch kch.«

Dann pfiff er ein Liedchen und bewegte nicht seine Beine, obwohl sie in dieser verrenkten Lage zu schmerzen begannen. Die Maus nagte weiter.

Schließlich nahm er einen dünnen Knüppel und verjagte sie, freute sich aber, daß sie gleich wiederkam und seine Stiefel suchte. Das Spiel machte ihm Spaß, und so trieb er es auch eine Weile, daß er das Tier – nur ein huschender Schatten – verjagte und ungeduldig wartete, bis es wieder herbeigekommen war.

»Mäuse liebe ich nicht, verstehst du? Dich mag ich, du hast unsere Blödheit. So komm doch, du kluges Tierchen, komm doch . . . Hau ab, du bist ja dämlich, mauseblöd bist du.«

Ein paar Minuten noch trieb er das Spiel – dann erschlug er sie.

Die Zeit tropfte, und Stacho träumte wieder von Wüsten und Gefangenen, und er sah viele Menschen im Traum, aber er erkannte keinen.

IV.

Die Frauen der Bergleute leben von der Hoffnung. Sie sind eingesponnen in den Tagesablauf ihrer Männer, und sie glätten das Schwere zum Erträglichen. Ihre Woche ist die Dekade, und die Grube ist ihnen Furcht und Speise zugleich.

Zwei Stunden schon saß die Frau – eine Riesendame – auf dem Stuhl am Fenster des Brinkmannschen Hauses. Seit zwei Stunden sagte sie kaum einen ganzen Satz, nur kurze Fragen, die keine Antwort erwarteten. Versonnen sah sie der anderen Frau zu, die lautlos und behende am Küchentisch werkte. Sie blickte fragend, forschend und bittend. Das Unglück, das ihre Söhne und Männer umspann, lastete auf ihnen und auf dem Ablauf ihrer Tage.

Das Kind beschäftigte sich allein in seiner Spielecke, zwi-

schen Küchenschrank und Kaminvorsprung; es zog den Puppen neue Kleider an, durchschüttelte ihre Betten, legte sie hinein und sprach dabei mit den Spielkindern.
Aber verstohlen hörte das Kind auf das Gespräch der Frauen, hörte die sparsamen Worte und erspähte die wenigen Bewegungen. Die Muter sprach über ihren Sohn, die Besucherin von ihrem Mann.
Frau Brinkmann setzte der Besucherin eine Tasse Kaffee vor, dazu legte sie ein Stück Kuchen – Überbleibsel der Weihnachtstage –, und die Gastgeberin rückte auch herzu, riß ein Brötchen in kleine Brocken und tunkte diese in den gelben Kaffee. Mit dem Löffel aß sie dann das zerquollene und aufgeweichte Etwas.
»Sie müssen essen«, sagte sie. Und als sie sah, daß die Besucherin nichts anrührte, nur wieder und wieder zu dem spielenden Kind blickte, wiederholte sie ihre Bitte, lauter und drängender.
Verstört sah die Besucherin hoch, nahm dann das Stück Kuchen, führte es zum Munde und ließ es schließlich, als habe sie Giftiges in der Hand, auf den Teller zurückfallen.
»Die unten essen auch nicht.«
»So dürfen Sie nicht reden. Alles wird ja gut werden.«
»Alles?«
»Nur Mut und Glauben.«
»Drei Tage sind schon vergangen, der vierte fängt in ein paar Stunden an. Man sieht keine Ende.«
Jeden Tag, seit der Unglücksnacht, kam Katharina Hubalek zu Brinkmanns, blieb zwei bis drei Stunden, aß nichts, trank nichts, sprach wenig, saß da. Sie kehrte nur ein, um mit Menschen zu sprechen, mit ihnen zu atmen, mit Menschen, die vom gleichen Schicksal heimgesucht waren.
Sie sprach nur, wenn sie vom Kind Tante gerufen wurde, und dann ließ sie sich herbei und erzählte Geschichten und Märchen aus einer Augenblickseingebung. Märchen eigener Erfindung, die sie sofort wieder völlig vergaß. Sie wußte nicht, wohin sie ihre Not tragen sollte, darum saß sie hier.

»Trinken Sie doch Ihren Kaffee, er wird kalt.«
»Die unten trinken auch nicht.«
Das Kind trippelte aus seiner Spielecke hervor, etwas ängstlich – es fühlte seit Tagen die aufgeschreckte Atmosphäre des Hauses –, und legte den Kopf in den Schoß der Mutter und fragte: »Bekommt Hannes nichts zu essen und nichts zu trinken? Das geht doch gar nicht, er hat doch immer Hunger. War er ungezogen?«
»Nein, Elfi. Er macht nur Kohlen los, damit wir zu heizen haben und warme Zimmer bekommen.«
»So viele Tage?«
»Er macht viel Kohlen los. Ein kalter Winter kommt. Du und deine Puppen wollen doch nicht frieren.«
»Warum weint Tante Hubalek?«
»Onkel Stacho ist krank, und sie kann ihn nicht besuchen. Du weißt doch: in das schwarze Loch dürfen keine Frauen.«
»Aber warum kommt Onkel Stacho nicht heraus?«
»Erst muß Hannes die Kohlen machen, dann kommen beide.«
»Aber du hast gesagt, Hannes macht die Kohlen für den Winter los.«
»Ja, tut er auch. Und wenn er genügend Kohlen hat, werden sie in einen eisernen Wagen geladen und kommen aus dem Loch, und unser Fuhrmann, der Oskar, fährt sie dann vor das Haus.«
»Wir haben noch viele Kohlen im Keller.«
»Aber nicht genug, du weißt doch, daß Hannes bald wieder zur Schule muß.«
»Ich gehe auch mit zur Schule.«
»Das darfst du auch.«
So beschieden, kehrte das Kind in seine Spielecke zurück.
»Du mußt zu Bett, Elfi.«
»Ich will warten, bis Papa kommt.«
Frau Brinkmann hörte nicht mehr, was ihre Tochter sagte. Sie horchte auf alle Schritte, die sich dem Hause näherten. Unauffällig, aber angespannt. Sie erwartete ganz bestimmte

Schritte. Jetzt kamen wieder welche näher, entfernten sich. In einem Wirtshaus wird er sitzen, dachte sie, und erst heimkehren, wenn er total betrunken ist oder wenn die Polizei den Wirt zwingt, den Betrunkenen vor die Tür zu setzen. Die Wirte geben, was er verlangt – er aber bekommt nie genug, um seinen Schmerz zu töten, das enttäuschte Leben zu ertränken. – Und die Frau fand es nicht in der Ordnung, daß die Kellner und Wirte aus der Verzweiflung eines Menschen Kapital schlagen, indem sie dem Trinksüchtigen das Faß nicht verschließen. Sie treiben Geschäfte mit seiner Not. Wissen sie nicht, daß sie seine Schmerzen vertiefen, je öfter und stumpfer er in sein Glas glotzt? Und so weit reicht ihr Frevel, daß sie seine Schulden in Kreide setzen, wenn er die letzte Barschaft vertrunken hat.

»Was wird nur morgen sein?«
So fragte die Besucherin. Sie wartete die Antwort nicht ab, denn gleich sprach sie weiter. »Er ist ein zorniger Mann, er wird sich dort unten auch nicht beherrschen.«
»Er wird so vieles tun müssen. Mein Sohn wird beten, ihr Mann und der andere mit.«
»Mein Mann nicht!«
»In der Not hat schon mancher das Beten gelernt.«
»Er ist nicht so. Ich habe Angst.«
»Manchmal schrecke ich in der Nacht hoch, im Traum sehe ich fürchterliche Bilder. Tiere mit Menschenköpfen und Menschen mit Tierköpfen.«
Das Kind wiegte seine Spielkinder mit leisem Gesumm in den Schlaf und sang dann laut: ». . . Es geht ein Bi-Ba-Butzemann in unserm Haus herum . . .« Das erinnerte die Mutter, daß es für das Kind Schlafenszeit war. Sie stand auf, nahm das Kind bei der Hand und ließ es Abschied nehmen von der dicken Frau; sie brachte es zu Bett.
Eine knappe halbe Stunde war Katharina Hubalek allein. Sie aß den Kuchen, trank den kaltgewordenen Kaffee. Dann betrachtete sie interessiert und doch abwesend das Würfel-

muster der groben Leinentischdecke, und ein paar Mal fuhr sie auch mit dem Zeigefinger die Musterung entlang. Der Ofen, der in heulenden Schwingungen summte, verriet aufziehende Kälte.
Frau Brinkmann kehrte zurück. An der Küchentür rief sie dem Kinde zu, es möge nun endlich schlafen, der Vater komme gleich. Brinkmann aber war noch nicht zurück. Irgendwo hielt ein Wirtshaus seine Fänge um ihn. Dort mochte er nun zechen und grölen, große Reden halten, der Betrunkene den Betrunkenen, er wird sich wieder an seinen eigenen Worten berauschen und dann auf alles schimpfen, was nicht in seinen Kram paßt. So dürftig auch seine Gestalt ist, so ungewöhnlich laut sind seine Worte. Die Arbeitskameraden sagten von ihm, er besäße den Rücken eines Herings, das Maul eines Nilpferdes.
»Wie kommt's, daß Ihr Mann wieder säuft?«
»Ich weiß auch nicht. Am ersten Tag, als wir vom Unglück erfuhren, heulte er wie ein Schloßhund. Später tobte er wie ein Verrückter herum. Ich hatte Angst, daß er die Einrichtung zertrümmern würde. – Am zweiten Tag blieb er morgens im Bett, er ging nicht zur Arbeit, trotz meiner Vorhaltungen. Um acht Uhr lief er aus dem Haus, nach Mitternacht brachten ihn zwei Saufkumpane in einer Schubkarre zurück; er war total blau. Ich weiß nicht, ob er sich vorgenommen hatte, auch anderntags blauzumachen oder ob er nur seinen Rausch ausschlafen wollte: er ging wieder nicht. Spät abends brachte ihn der Wirt im Wagen; vollgelaufen bis oben hin. Der Wirt meinte lachend, als er meinen Mann vor die Haustür setzte, daß ihm solche Leute gefielen, die sich nicht unterkriegen ließen und in allen Lagen ihren Kopf oben hielten. Mein Mann hatte allerdings seinen Kopf auf der Brust hängen. Heute morgen kam er nicht aus dem Bett. Ich lief zur Zeche, schließlich mußte doch ein Mensch sagen, was los ist. Ich entschuldigte ihn. Er sei krank, sagte ich. Der Fahrsteiger wußte Bescheid, er nickte nur, als ich meine Lüge breitwalzte, und er meinte, die Zeche nehme es in

diesem Falle nicht so genau. Er wird dafür sorgen, daß meinem Mann für die gebläuten Schichten Urlaub angeschrieben wird.«

Die Frau schwieg. Einige Sekunden atmete sie schwer, fuhr dann fort. »Ja, heute nachmittag gegen fünf lief ich zur Linde. Dort sitzt er, sagte der Nachbar. Als ich hinkam, war er schon fast sternhagelvoll, und als er mich sah – seine Augen blutunterlaufen und der Speichel klebte in den Mundwinkeln –, da schrie er über die Köpfe der andern Trunkenbolde hinweg: Weib, was habe ich mit dir zu schaffen! Wenn er betrunken ist, dann weiß er in der Bibel Bescheid. Im Lokal war großes Gelächter, das können Sie sich vorstellen. Ich ging. Ich schämte mich für ihn. Elfi mußte auf der Straße warten. Sie heulte, als sie mich weinen sah.«

Die Besucherin sagte: »Da kam gestern meine Schwiegertochter und saß ein paar Stunden bei mir in der Küche und fragte auch, ob sie mir helfen könne. Sie redete mir Löcher in den Bauch, redete von Gott und aller Welt, von Dingen, die ich nicht verstand. Als sie ging, klopfte sie mir auf die Schulter, lachte und sagte, wenn Stacho etwas Menschliches zustößt, sollte ich es nicht so tragisch nehmen. Sterben müssen wir alle, und ich werde ja eine gute Rente bekommen. Als sie ging, lachte sie. Draußen auf der Straße weinte sie, ich sah es vom Fenster aus. Mein Sohn sagte, ich dürfe nicht den ganzen Tag mit einer Leichenbittermiene rumlaufen und Trübsal blasen. Ins Kino soll ich gehn, damit ich auf andere Gedanken komme. Ins Kino! Stellen Sie sich das einmal vor! Was da wohl die Leute sagen. Von meinem Ältesten, der ist in Köln verheiratet, bekam ich ein Telegramm. Er denkt den ganzen Tag an uns, schreibt er. Ach, sie meinen es alle gut.« Sie schüttelte den Kopf.

»Ich sollte einmal ins Kino gehn. Ist das nicht zum Lachen? Was da nur die Leute sagen. Na so was!« Obwohl es schon spät war, machte Katharina Hubalek keine Anstalten, ihren Besuch zu beenden. Sie hatte viel Zeit. Niemand wartete auf

ein wohlbereitetes Essen, gestopfte Socken, geflickte Hemden; nicht die Kinder, nicht der Mann. Sie konnte aufstehen, wann es ihr behagte, zu Bett gehen, wann sie wollte, sie war frei in ihren Entschlüssen. Hatte sie sich früher so etwas gewünscht, heute machte es ihr Kummer. Die plötzlich so billig gewordene Freiheit schnürte sie in Unfreiheit, in ein sklavisches Wünschen ein. Sie wurde Opfer ihres Aberglaubens. Diese Freiheit lag auf ihrem Herzen, schwer und gefräßig wie Alpdrücken, und sie wünschte nichts sehnlicher als den früheren Zustand, daß sie wieder der alte Mensch sein könnte.
Dieses Freigewordensein bedrückte ihr Leben vom Morgengrauen bis Mitternacht, und schlummerte sie ein paar Stunden ein, überschattte das Unglück noch ihren Schlaf. Wenn sie dann aufwachte, war sie in Schweiß gebadet.

Morgens saß sie mit zerschlagenen Gliedern auf der Bettkante und sah bang in den noch gähnenden Tag. Sie saß dann Minuten still und steif, wußte nicht, wie sie den Tag beginnen, erst recht nicht, wie sie ihn beenden sollte.
»Seine Tauben nehmen von mir kein Futter, sie sitzen im Schlag, warten auf ihn, fressen nicht.«
»Tiere gewöhnen sich leicht an einen Herrn, an den am meisten, von dem sie Futter bekommen. Lassen Sie doch die Tiere fliegen.«
»Ich habe gestern den Schlag aufgemacht, damit sie draußen Futter finden. Heute nachmittag erzählte mir die Nachbarin, daß Stachos Tauben alle auf dem Wäschereigebäude der Zeche und auf dem hohen Schornstein sitzen.«
»Na und?«
»Sie haben bis jetzt noch nie da oben gesessen, die Tiere mieden die Zeche wie die Pest.«
»Das ist Unsinn. Die Leute hören das Gras wachsen.«
»Warum ist das Unsinn? Wenn die Tauben vom Flug kommen, und waren es tausend Kilometer, dann wissen sie genau, wo Stacho ist.«

»Alles Aberglaube. Die Leute machen sich untereinander verrückt.«
»Nein nein. Tauben haben ihren Verstand. Stacho sagt immer, daß sie mehr Verstand als die Menschen haben. Gestern morgen flog ein großer Schwarm Krähen über unser Haus; das bedeutet, sagte meine Mutter immer, daß in dem Haus im Laufe des Jahres einer stirbt.«
»Alles Aberglaube. Ich braue Ihnen noch einen Kaffee.«
»Ich muß gehn. – Ja, einmal habe ich es miterlebt, vor drei Jahren, bei Frau Bössemann. Ihr Mann war schon über vier Stunden zu lange, und ich habe die Frau beschwichtigt. Dann klopfte es, der Steiger wollte reden und redete doch nicht. Er sah zu Boden und drehte den Hut in der Hand – und sagte nichts. Er ging wieder, ohne ein Wort. Drei Tage später haben wir ihren Mann beerdigt. Ich möchte nicht, daß auch in meiner Tür einer steht und den Hut in den Händen dreht ohne ein Wort.«
»Trinken Sie! Was wollen Sie zu Hause? Niemand wartet!«
Die Besucherin wehrte nicht ernsthaft, und Frau Brinkmann schüttete noch zwei Tassen Kaffee auf. Dann tranken sie, schlürfend, schweigend. Nur die Gastgeberin hörte mit allen Sinnen in die Nacht, und sie seufzte leise, liefen herannahende Schritte am Hause vorbei.
Der Regen hatte aufgehört, eine kalte und klare Nacht stand vor den Mauern. Leichter Frost überschirmte das Land, und die alten Leute hatten schon vor Wochen gesagt, daß es bald Schnee geben werde. Auf den Fensterrahmen lag schon wieder ein zartes Kohlenstaubgewebe. Kaum hatten die Frauen Scheiben und Rahmen geputzt, brauchten sie Wasser und Seife von neuem. Staub, nicht nur unter Tage, auch über Tage eine Geißel des Reviers.
Nun war der Himmel klar, kalte Luft; eine Wohltat nach so vielen Regentagen.
»Ständig muß ich daran denken«, nahm die dicke Frau das Gespräch wieder auf, »wie es vor zwanzig Jahren in der dritten westlichen Abteilung war. Fünf Mann traf es, mein

Schwager war auch dabei. Nach acht Wochen erst kam der Rettungstrupp durch. Sie fanden die fünf Männer, erstickt oder verhungert, ich weiß nicht mehr. Ihre Schuhe hatten sie aufgefressen, Holz angekaut. Vielleicht haben Sie auch Kohle verschlungen. Auf einer alten Wettertafel hatte einer seinen letzten Willen niedergeschrieben. Laßt meinen Sohn nicht Bergmann werden, stand da. Ein anderer hatte einen Gruß an seine Frau geschrieben.«
»Was ist der Sohn jetzt?«
»Bergmann natürlich, was denn sonst?«
»Ja, was soll er sonst sein. Aber Sie sollten nicht so viel an alte Geschichten denken, das hilft nicht. Was vor zwanzig Jahren gewesen ist, das braucht heute nicht mehr so zu sein.«
Die Besucherin stand auf, strich das Kleid glatt, deutete damit an, daß sie den Besuch für heute beenden wolle; die Zeiger der Uhr waren mittlerweile gen Mitternacht gerückt. Sie schob ihre Kaffeetasse in die Mitte des Tisches, und während sie das tat, klopfte es zaghaft an die Fensterläden. Die Frauen sahen einander furchtsam an.
»Wer ist draußen?«
»Renate!«
Frau Brinkmann ließ das Mädchen ein. Renate hatte noch Licht durch die Ritzen schimmern sehn.
»Kalt ist es geworden«, sagte Renate. »Hoffentlich schneit es bald.«
»Wie steht es?« fragte die Dicke das Mädchen.
»Es geht so.«
»Heinisch soll unkenntlich sein?« fragte sie weiter.
Renate sah auf. »Ich weiß es nicht, Frau Hubalek, es muß wohl so sein. Frau Heinisch durfte ihren Mann nicht mehr sehen.«
»Na, wie sieht ein Mensch aus, auf den ein paar hundert Tonnen Steine niederprasseln«, sagte die dicke Frau.
Frau Brinkmann fragte Renate, was ihr Vater von der Sache halte, wie es weiterlaufen werde, und ob Erfolgsaussichten

für die nächsten Stunden bestünden.
Renate wandte sich Frau Hubalek zu: »Vor einer Stunde war ich bei Obersteiger Berg, er kam aus der Grube, als ich in sein Büro kam.«
»Und?«
Beide Frauen fragten gleichzeitig.
»Heute wurde wieder Klopfverbindung aufgenommen. Es wird geantwortet, wenn auch nicht regelmäßig; aber es ist Leben dort. Manchmal bleibt das Rohr stumm – über Stunden hinweg – und der Bergungstrupp weiß dann nicht, was auf der anderen Seite los ist. Aber sie leben.«
»Sie leben!« sagte die dicke Frau.
Frau Brinkmann lauschte nach draußen, nach Schritten, die das Kommen ihres Mannes verraten sollten, oder nach dem Gesumm eines Motors oder nach widerwärtigem Gegröl, denn nie war gewiß, wie der Zerrüttete heimkehrte.
»Sie leben, wir glauben, es sind drei. Zuerst glaubten wir, es seien vier. Einer wurde herausgeholt. Jetzt glauben wir an die Zahl drei – und wissen nichts. Es können ebensogut zwei sein oder einer.« Frau Hubalek rief mit ihrem Klagen den Zorn von Frau Brinkmann hervor.
»Warum müssen Sie immer den Teufel an die Wand malen?«
»Die Tauben. Die Tauben spüren es, die Krähen auch«, beharrte Frau Hubalek.
»Was ist damit?« fragte das Mädchen.
»Ach nichts. Vögel scheinen bei ihr mehr zu wissen als der Obersteiger«, sagte Frau Brinkmann böse.
»Herr Berg verriet mir, heute noch soll durch das Rohr Luft gepreßt werden. Da wird sich ja zeigen, wie es in Wirklichkeit um sie bestellt ist.«
»Kann man das? Liegt das Rohr frei?« Frau Brinkmann hatte sich wieder gefaßt.
»An der diesseitigen Hälfte, sagte er mir, liegt es frei. Man weiß noch nicht, wie es unter dem Bruch und auf der anderen Seite aussieht, aber es muß gewagt werden.«
Renate trank einen Schluck, sprach dann weiter: »Sie schrau-

ben eine Verbindung an und stoßen dann mit Stangen in das Rohr. Vielleicht bietet sich auch die Gelegenheit oder Möglichkeit, wie er sagte, Essen und Trinken durchzupressen. Ich rufe in ein paar Stunden wieder an, dann wird der Obersteiger mehr wissen, und ich sage wieder Bescheid.«

Der Betrunkene kam nun doch. Die Frauen hörten ihn schon, als er noch durch die »Lange Gasse« schritt, das Johlen und Singen war laut genug, so laut, daß viele Menschen aus dem Schlaf gerissen wurden und durch die geöffneten Fenster den Störenfried beschimpften. Vor der Haustüre blieb der Mann stehen, lachte kindisch, sang dann die Marseillaise; er sang nur immer den Anfang in der fremden Sprache, die wenigen Worte, die sein Sohn ihm beigebracht hatte: »Allons enfants de la patrie . . .« Immer dieselbe Melodie, die gleichen Worte, lange Zeit. Dann war es still. Die Frau lief zur Tür, um ihren Mann in die schalldämmenden Mauern zu ziehen. Noch bevor sie die Haustür erreicht hatte, sang der Betrunkene wieder, diesmal die Internationale, und das »Erkämpft das Menschenrecht«, schrie er gellend in die Nacht.

Frau Brinkmann schämte sich vor den anderen. Sie ging hinaus und zerrte ihren Mann in das Haus, nötigte ihn in einen Sessel. Dann stand sie schweigend vor ihm, sah in sein zerstörtes Gesicht. Er war heute allein gekommen, ohne Schubkarrenhilfe, ohne Pferdekräfte, aber ebenso heillos betrunken wie die Tage vorher.

Der Mann stand auf, torkelte durch den Raum, entledigte sich seines Mantels, warf den Hut in eine Ecke, und fortwährend summte er die Marseillaise vor sich hin, nicht laut, denn auch in seiner Trunkenheit wußte er noch, daß im Raume über ihm die kleine Tochter schlief. Mit blutunterlaufenen Augen stierte er in die Runde, und da erst gewahrte er die anderen Frauen; er stutzte, dann lachte er meckernd.

»Hallo! Nach-barn! Schö-ön, daß meine Fr-au Besuch hat.«

Er lachte wieder und schlug mit beiden Händen klatschend auf seine Oberschenkel. Sein Lachen nahm kein Ende.

»Schau an, der ho-hohe Familienra-at berät, wie es wei-eitergehen soll ... ei-eine gute Einrichtung-ung, so ein Rat ... warum sagt kei-einer ein Wo-ooort ... warum das Schwei-eigen ... ich hole eine Flasche, Flasche ... das löst die Zunge-en, macht lust-ig ...«

»Wilhelm!«

»Wiii-l-helm!« äffte er seiner Frau nach, »immer diese Moralpredigten, sauf dich einmal voll, dann wirst du anders.« Er tätschelte seiner Frau die Wangen.

»Laß das gefälligst!« Sie stieß seine Hand fort. Brinkmann schwankte. Renate sprang hinzu, aber er setzte sich trotzdem neben den Sessel und lachte wieder.

»Du solltest dich schämen!« rief seine Frau.

Dann wandte er sich Renate zu, tätschelte auch ihre Wangen. Das Mädchen ließ es geschehen, wenn es auch von dem Fuselgeruch angewidert wurde.

»Sieh da meine zukünftige Schwiegertoch-ochter ... am Tresen erzählt man sich so-ooo ... allerlei ... jaja ... Betriebsführer möchte ich auch nicht sein ... sein ... ja ... alles hackt auf so einer Figur ... Figur herum ... wenn es ... wie in diesem Falle eine krumme Figur ist ...«

»Wilhelm! Nun ist es aber genug!«

»Ich kann doch erzählen ... erzählen kann ich, was die Leute am Tresen sprech-chen ... ist das so schlimm ... komisches Wei-eibervolk ... kann die Wahrheit nicht vertragen ... ich sage, was mir nicht paßt ... jaja, immer sage ich das ... immer ... hört doch ... ich ... Wilhelm ...«

»Ich muß gehn.« Renate reichte den Frauen die Hand. Auch dem Betrunkenen bot sie die Rechte dar. Der stand vom Fußboden auf, ziemlich sicher geworden, und küßte dem Mädchen beide Handrücken. Renate errötete, sie floh.

»Mach dir nichts draus, Mädchen«, rief er ihr nach, »wenn Hannes etwas zustößt, ziehst du zu uns.«

»Wilhelm.«

»Wiii-l-helm! Hier bin ich! Alte Trompete! Sauertopf! Heiligenschein!«

»Sie müssen ihm das nicht anrechnen«, sagte Frau Brinkmann an der Haustür zum Mädchen, »er ist betrunken, da wird allerlei Unsinn geredet.«
»Ich habe nichts gehört.«
Auch die dicke Frau stand nun unter der Haustür, und bevor sie ins Freie trat, verweilte sie noch bei der Aufgeschreckten.
»Gott sei Dank, bald schneit es.«
»Kommen Sie wieder?«
»Vielleicht. Sie sollten Ihren Mann von den Wachleuten zur Arbeit holen lassen.«
»Wenn Johannes etwas zustößt, säuft er sich tot.«
»Er ist nur enttäuscht. Danke für den Kaffee.«
Frau Brinkmann trat in das Haus zurück, und in der Küche betrachtete sie lange ihren Mann, der nun in einem Sessel saß, das Weihnachtsgeschenk seines Sohnes in den Händen hielt, es nach allen Seiten drehte, als sei ihm da Unbekanntes in die Hand gespielt worden, nicht ein Gegenstand, den er selbst ausgesucht und gekauft hatte.
»Zigaretten müßten sie haben und Schnaps«, lallte er. Dann ging er ins Badezimmer. Die Frau, die durch die angelehnte Tür sein Würgen hörte, schloß die Tür heftig. Sie blickte auf den Baum, dieses eitelste Werk der Menschen, diese größte aller Enttäuschungen.

Katharina Hubalek ging wie in Trance durch die Nacht. Ziellos hastete sie durch das Dorf. Die Straßenlampen waren verlöscht. Vom Zechengelände heulte der Ventilator und in ungleichmäßigen Abständen rissen harte Laute die Nacht auf. Von Zeit zu Zeit erklang die Signalglocke des Schachtes, das Aufeinanderklatschen nicht angekoppelter Kohlenwagen. Ihr Wissen um diese Laute brachte ihr die Objekte nahe. Sie trippelte weiter in die Nacht unter dem sternenübersäten Himmel. Sie durchquerte die neue Siedlung, von den Einwohnern des Dorfes Golgatha genannt (Es ist vollbracht). Siedlungen gab es viele innerhalb der Gemeindegemarkung. Eine hieß Papageiennest, jedes Haus war andersfarbig, und eine wiederum hieß Stöhnhausen: Wer hier wohnen wollte, mußte eine gehörige Portion Eigenkapital aufbringen. Noch nicht bezogen, hatten die Siedlungen schon einen Namen, und einmal getauft, blieb der Name haften, weil er zuerst in den Sprachgebrauch der Kinder Eingang findet. So sagt man heute im Dorf, wenn jemand gefragt wird, wo der Soundso wohne, nicht etwa Lindenstraße oder Ebertallee, sondern Stöhnhausen, Golgatha, Papageiennest.

Katharina Hubalek bog hinter den neuen Häusern der Heimstättensiedlung in die Hauptstraße ein. Vor den Fenstern des großen Möbelgeschäftes blieb sie lange Zeit stehen. Wie schön könnte alles sein, dachte die Frau.

Da sah sie, daß aus der »Linde« noch Licht auf die Straße fiel. Die Schänke war menschenleer. Nur der Wirt hantierte noch am Metall der Gläserspülung. Ganz gegen ihre Gewohnheit trat sie ein.

»Ein Bier, nur gegen den Durst«, sagte sie.

Der Hagere sah ihr ins Gesicht, füllte dann aber doch ein Glas und reicht es über die Theke. Nach zwei Zügen war das Glas leer. Der Wirt meinte, die Polizeistunde sei längst vorüber. Aber Katharina Hubalek hielt das Glas nochmals hin.

»Es wird nun doch Winter«, sagte der Hagere.

»Wird auch langsam Zeit. – Was bin ich schuldig?«

»Siebzig Pfennig, wenn es gleich bezahlt wird.«

»Für mich brauchen Sie keine Kreide zu kaufen.« Sie zählte sieben Groschen auf den Schanktisch und ging ohne Gruß.

Die Frau ging noch immer nicht nach Hause, sondern zum Wäldchen, »Oase« genannt, weil weit und breit die einzige Baumgruppe. Dort befand sich das rückwärtige Tor der Zecheneinfriedigung. In dem kleinen Wachhäuschen, primitiv aus Holz gefertigt, saß der Nachtwächter und las Zeitung, jedenfalls tat er so. Die Frau räusperte sich, und als der Kopf des Wächters unverrückt hinter der Zeitung verblieb, betrat sie durch das offene Tor das Betriebsgelände.

Zuerst aufrecht auf der Straße dahinlaufend, im Licht, flüchtete sie alsbald in die Schatten und erreichte schließlich auf vielen Um- und Rückwegen den Schacht. Dort stand sie zwischen den hohen Grubenholzaufschichtungen und schaute auf das massige Schachtgerüst, auf dem surrend die Räder liefen. Auf dreißig Schritte etwa stand sie der Rasenhängebank gegenüber. Nun erst stellte sie sich die Frage, was sie hier suche. Sie dachte flüchtig an die Schwierigkeiten, in die sie geriet, wenn man sie hier finden würde.

Eine halbe Stunde sah die Frau dem Treiben am Schacht zu. Eisen wurde an der östlichen Seite verladen. Kaum war das geschehen und der Korb zur Tiefe abgeläutet, sauste der Korb der westlichen Förderung nach oben, und von einem Satz des vierstöckigen Korbes stiegen drei schwarze Männer mit brennenden Lampen. Auf die vier leergewordenen Sätze schoben die Schachthauer Teckel, die mit Eisenteilen beladen waren.

Katharina Hubalek sah es – und sah es nicht; sie wartete und wußte nicht auf was. Vielleicht schlummerte im Unbewußten eine Hoffnung, die ihr zuflüsterte, solange sie hier stehe, habe sie Einfluß auf das Geschick der Eingeschlossenen – oder aber, sie kämen nun, von ihrer Sehnsucht gerufen, selbst hervor. Oder wollte sie nur die Anfahrt der Ablösung erleben? Ohne sich zu rühren, folgte sie wach dem Bienenfleiß der vermummten Männer, und oft übermannte sie der Wunsch, hinzulaufen, sich selbst in die Tiefe tragen zu lassen und zu der Stelle zu laufen, an der seit Tagen Männer wühlten, der Unerbittlichkeit des Berges Einhalt zu gebieten. Sie erschrak heftig, als ihre Linke von einer Hundeschnauze berührt wurde. Entgeistert sah sie auf den schwarzen Schäferhund nieder, dann in die erstaunten Augen des Wächters, der lautlos hinter sie getreten war.

»Sie müssen nun aber gehen.« Der Hund knurrte.

Die Frau folgte verschüchtert dem Manne bis zur Markenkontrolle, wo sie dann stehenblieb und den Hund streichelte.

»Sehen Sie sich vor, der schnappt ganz plötzlich zu. Der ist falsch.«
Sie nickte, wollte gehen.
»Kommen Sie noch für ein paar Plauderminuten in den Wachraum, da ist es warm.«
»Mir ist nicht kalt, ich muß nach Hause.«
»Auf eine Viertelstunde kommt es nicht an.«
»Ich muß nach Hause, die Uhren laufen ab.«
»Heute nacht tut sich was. Luft wird hinter den Bruch gelassen.«
»Ich habe schon davon gehört.«
»Kommen Sie doch!« Katharina schüttelte den Kopf und schaute wieder auf das Schachtgerüst, suchte die Fahnenstange. Trotz der übermäßigen Beleuchtung des Zechengeländes konnte sie nichts erkennen.
»Die Fahne weht auf halbmast, immer noch.«
»Ja, für Heinisch und Krollmann.«
»Wenn sie doch das letztemal auf halbmast gesetzt wäre.«
Sie streichelte den Hund, seufzte, ging ohne Gruß.
In ihrer Wohnung zog sie erst alle Uhren auf, denn in ihr wohnte der Aberglaube von alters her, eine stehengebliebene Uhr bedeute den Tod eines nahen Menschen. Sie war, besonders seit dem Unglück, sorgsam darauf bedacht, daß auch alle Uhren im Hause mit vollgespannter Feder liefen, sie war überzeugt, ihre Vorsicht allein sei fähig, Unglück und Ungemach abzuhalten.
In allen Räumen knipste sie das Licht an, lief hin und her wie ein gefangenes Tier, das seine Freiheit sucht. Wenig später legte sie sich schlafen.

V.

Johannes lag bereits eine Weile wach, sein Wachsein jedoch war so, daß er nicht wußte, ist es Leben, ist es Tod, ist es Traum? Er öffnete und schloß die Augen, blickte in die

Finsternis hinter den geschlossenen Lidern und in die Schwärze, die sich seinen geöffneten Augen darbot. Lange übte er dies, er rechnete nicht in Sekunden oder Minuten, die Zeit war hier zeitlos geworden. Eine ungeheure Schwäche fühlte er, den leeren Magen, die bleiernen Glieder, und als er seinen Kopf seitwärts drehte und zum Stoß hinübersah, bemerkte er, wie ein riesenhafter Schatten sich in seinem Blickfeld bewegte. Der Schatten schrieb, er schrieb auf die Kistendeckel wie der Sekretär des Todes. – Stacho!

Dann sah Johannes wieder auf die Firste, zählte die Kappschienen wie Striche in der Dunkelheit. Dann versuchte er die gestäubten Knüppel innerhalb eines Ausbaufeldes zu zählen, aber er gab es bald auf, denn Schienen und Knüppel flossen ineinander.

Der abgleitende Blick traf nun wieder den schreibenden Schatten. Hellwach horchte er auf Stachos Gemurmel:

»Was tust du da?«

Der Alte sah nicht auf, er war mit seinem Zahlenspiel völlig beschäftigt.

»Was tust du da? He! sag schon!«

»Ich rechne . . . ich rechne mir meinen Profit aus.«

Die Lampe stand vor ihm auf der Kiste, das hungernde Licht umhütete sein Schreiben und auch die Zahlen, die er mit einem Stück Kreide auf die Deckel schmierte.

»Was rechnest du?«

»Bist du taub? Meinen Profit rechne ich aus. Halte jetzt deine Klappe, sonst verhaue ich mich.«

Stacho multiplizierte die verschiedensten Zahlen. Johannes saß schweigend dabei. Endlich war Stacho fertig; wie es schien, war er mit dem Ergebnis zufrieden.

»Was hast du jetzt gerechnet?«

»Was? Wieviel Geld ich kriege, wenn – natürlich nur angenommen – wir in etwa acht Stunden rauskommen sollten. Sind sechzehn Schichten zu je achtundzwanzig Mark und Prozente, das gibt an die tausend Mark. Hübsche Summe.«

»Ist das jetzt so wichtig?«

»Mein lieber Mann, Geld ist immer wichtig, auch wenn man's noch nicht hat. Für dich nicht? Entschuldige, du lebst ja von Hostien und Wein, ich hatte es vergessen. Das Geld ist wichtig. Ich weiß auch schon, was ich mir kaufen werde.«
»Mir geht es schlecht, Stacho. Ich bin fertig.«
Der Alte lachte. »Glaubst du vielleicht, ich nicht?«
Sie setzten sich auf die Kisten, auf die eben erst niedergeschriebenen Zahlen.
»Ich habe Hunger – Durst – weiß der Kuckuck, was ich nicht habe.«
Johannes sah, während er dies sagte, in Stachos Gesicht.
»Tausend Mark, das ist Geld. Davon kaufe ich mir einen Fernsehapparat«, sagte Stacho.
»Was?«
»Na ja, mir fällt nichts anderes ein. Verflucht, eine Null sollte noch dabeisein, eine Null. Verstehst du?«
Schweigen.
Sie starrten in ihre Schatten. Die Laute, die vom Rohr kamen, waren nun schon so vertraut, daß nichts von dorther sie irritieren konnte. Das Rohr – ihr Kalender. Je lauter und klarer die Geräusche an ihre Ohren pochten, desto näher waren sie dem letzten Blatt.
»Ich hab mir's überlegt«, sagte Johannes nach längerem Schweigen, »werde doch umsatteln.«
»Hm hm. Kch kch kch kch ...« Das Husten trocken und gefährlich.
»Kapierst du nicht?«
»Auf welchen Sattel? Kch kch ...«
»Ich lasse mein Studium schießen und werde Arzt. Da kann ich wenigstens was leisten.«
Aus dem Flöz fielen Kohlenstücke zur Sohle. Der Berg war unruhig geworden.
»Wie spät ist es eigentlich?«
Johannes sah lange auf die stumpfen Ziffern und den zukkenden Sekundenzeiger und war sich nicht gewiß, stimmte

die Stunde oder war sie in der veränderten Temperatur wirr gelaufen.

»Die Uhr läuft. – Die Zeit kommt mir komisch vor.«

»Und?«

»Es ist zwei Uhr.«

»Und?«

»Ja, aber der Einunddreißigste. Ich weiß nicht mal, ob es zwei Uhr morgens oder zwei Uhr nachmittags ist. Das ist der Nachteil bei Kalenderuhren.«

»Wenn es morgens ist, dann haben wir siebzehn Stunden geschlafen.«

»Ist das viel? – Ich bin schon lange wach.«

»Und was hast du in der Zeit gemacht?«

»Was tut man schon in so einem Stinkloch. Zuerst habe ich überlegt, dann geträumt, dann gerechnet.«

»Stacho, manchmal bin ich so schlapp, daß mir jedes Wort zuviel wird.«

»Was soll ich sagen, ich bin zweimal soviel wie du und brauche die doppelte Menge Brot und die doppelte Menge Wasser – und lebe auch noch. Komisch. Ich lebe immer noch. Allmählich staune ich selber.«

»Ich bewundere dich.«

»Was soll das? Soll ich mir deshalb das Leben nehmen? Was ich tun kann, tue ich, und das verdammt ungern.«

Die Geräusche aus dem Rohr verstummten jäh. Für kurze Zeit lag beklemmende Stille zwischen den Steinen, bis endlich das Signalzeichen: Vier und zwei, vier und zwei, vier und zwei – ihre Angst weichen ließ.

»Gib schon Antwort!« rief Stacho.

»Ich? Geh du, ich kann mich nicht mehr auf den Beinen halten.«

»Schlappschwanz!« Der Alte ging und klopfte mit dem Pickeisen, das zu seinen Füßen lag, die Antwort, dasselbe Signal, das die andern ihnen zugedonnert hatten. Ihr Kassiber enthielt nur sechs kräftige Schläge, sonst nichts, und es war ungewiß, ob die Außenstehenden das Signal entziffern

oder die Schläge lediglich als Lebenszeichen auffassen würden. Für die Retter vor dem Bruch genügte wohl allein der Schlag ans Rohr.
Kaum hatte Stacho das Eisen aus der Hand fallen lassen, strömte Luft ein. Der Dynamo der Luftlampe surrte auf, das Ventil blies. Erlösende Helle übergoß das ganze Ort.
Sie saßen auf den Kisten und genossen das Schauspiel wie Genesende.
»Jetzt sind sie so nah rangekommen und einzelne Geräusche . . . kch kch . . .«
Nun hatte auch Brinkmann der gefährliche trockene Husten gepackt.

Hubalek antwortete nicht. Es war für seinen heruntergekommenen Zustand bezeichnend, daß sein Rücken am kalten Eisen lehnte, seine Hände mit eisernen Laschen spielten. Was früher wichtig, war erstaunlich nebensächlich geworden – und umgekehrt.
»Warum sagst du nichts?«
»Was soll ich schon sagen? Alles Scheiße. Alles!«
»Wenn man redet, dann ist es nicht so schwer.«
»Aber Gaumen und Zunge trocknen noch mehr aus. Laß uns die Schnauze halten.«
Johannes fiel von der Kiste; er kippte nach der rechten Seite und blieb, leicht verkrampft, liegen. Dumm blickte Stacho auf die leere Stelle, und es dauerte Sekunden, bis er begriff, daß es Schwäche war, die den Jungen hatte stürzen lassen.
»Was ist? Was ist los?«
Johannes gab keine Antwort, nur ein Gurgeln entquoll seinem Munde. So bemühte sich Stacho abermals um den Schwachen. Er bettete Johannes in die Kohlen und blieb bei ihm stehen, denn im Augenblick wußte auch er keinen Ausweg.
»Alles Scheiße, Stacho. Ob wir noch mal rauskommen?« Pause. Dann wieder: »Ich wollte gar nicht umfallen, aber da lag ich schon. Kch kch.« Der Husten quoll an.

»Du hast zuwenig Speck auf den Rippen.«
Hubalek ging zum Rohr, hob das Eisen und schwang es einige Male durch die Luft, bevor er auf das stählerne Ding einhieb; er wartete. Auch einen Stacho strengte das an, er faßte immer wieder mit der freien Hand zum Herzen, und sein Gesicht verzerrte sich zur grinsenden Fratze. Auf der anderen Seite wurde sein Ruf sogleich verstanden. Der Dynamo sang ab, das Licht erlosch. Der Berg war unruhig geworden.
»Hans! Dreh die Lampe an.«
Johannes tat es müde. Er blickte den Alten an, fragte: »Was hast du?«
»Nichts. Warum?«
»Dein Gesicht! Du hast ein anderes Gesicht.«
»Nein. Ich bin nur schlapper geworden.«
Schweigen, lange Zeit.
»Wenn ich draußen bin, miste ich erst meinen Taubenschlag. Und dann besorge ich mir Latten für meinen Zaun, und dann lasse ich mich zum Invaliden stempeln.« Sie schwiegen. Ihre Zungen klebten an den Gaumen, und in ihren Mündern hauste die Wüste, von der Stacho träumte. Johannes dachte über sich selbst nach, aber er konnte sein Denken nicht mehr kontrollieren und glaubte, das komme daher, weil das Blut sich stetig verdicke, die Zirkulation von Stunde zu Stunde schlapper wurde.
Offenen Auges schlummerte Stacho. Dann sagte er, wie aus tiefen Träumen erwachend: »Wenn du Arzt wirst, dann schneidest du den Leuten die Bäuche auf. Auch kein angenehmes Geschäft. Ich schlachte nicht gern Tauben.«
»Ich weiß nicht, was ich will. Erinnere mich später daran.«
Erst jetzt wurde ihnen bewußt, daß auch die Rettungsarbeiten verstummt waren. Das Rohr – Sekundenzeiger und Kalender in einem – hing stumm in seinen Ketten.
Stacho richtete sich auf:
»Hallo!«
»Ist etwas passiert? So ruhig auf einmal«, keuchte Johannes.

»Halt – kch – die Klappe – kch.« Stacho gab sich alle Mühe, nicht in die Angst des Jungen zu verfallen. »Will mal sehen, was es gibt.«
Licht und Gestalt wanderten fort. Johannes konnte im trüben Licht Hubaleks Tun beobachten. Der Alte schleppte sich zum Bruch, tastete sich ans Rohr und legte sein Ohr daran. Er lauschte mit angehaltenem Atem, hörte aber nichts.
Donnerwetter, bin ich taub geworden? Das gibt es doch nicht. Die müßten jetzt erst recht mit Hochdruck arbeiten.
Die Kälte, die aus dem Rohr in sein Ohr drang, schmerzte, doch ließ er nicht ab, fester die Ohrmuschel auf das Rund zu drücken, in der Hoffnung, jeden Moment verwandle sich das gespenstische Schweigen in befreienden Lärm. Dann glaubte er wieder, die Stille habe Beziehung zur Zeit; darum machte er sich auf und kehrte zu Johannes zurück, der noch so lag, wie er ihn verlassen hatte. Stacho sah klar, wie es mit dem Jungen stand, belästigte ihn nicht und nahm die Uhr an sich.
Neun Uhr.
Der Alte setzte sich neben Johannes, beleuchtete abermals die Uhr: Neun Uhr. Vormittags, vormittags, Silvester? Oder ist es neun Uhr abends? Nein, bestimmt nicht. So eine Kalenderuhr ist ein verdammtes Ding. Was man wissen will, zeigt sie nicht.
Er wickelte die Uhr wieder in das schmutzige Taschentuch, verstaute sie in Johannes' Tasche und lachte einige Male kurz auf.
»Was gibt's zu lachen?«
»Junge, Junge, mir ging was Spaßiges durch den Kopf. – Was würdest du sagen, wenn nun der Bergungstrupp die Arbeit aufgegeben hätte und die Leute Silvester feiern und nach Neujahr erst wiederkommen?«
»Das findest du lachhaft?«
»Zum Teufel! Ich finde das zum Schreien komisch!«
»Aber das ist doch unmöglich!«

»Mein Lieber, auf der Zeche ist alles möglich. Weiß der Satan, warum es so ruhig ist. Verrückt kann man werden. Irgend etwas muß los sein. Vielleicht haben die verfluchten Kerle den Bruch schon durch und finden uns nicht. Oder es traut sich keiner rein.«
Stacho nahm die Handleuchte, lief wie gehetzt zum Bruch, besah die graugrünlichen und grauschwarzen Steine, die noch so vor ihm lagen, wie der Bruch sie vor Tagen ausgeschüttet hatte; auch Johannes' irrwitziges Tun hatte daran nichts geändert. Der Steinhaufen höhnte in seinem matten Glanz.
Nun wartet, bald ist es mit euch vorbei, dann seid ihr nur noch gewöhnlicher Stein, ganz gewöhnlicher Stein. Dann werdet ihr in einen Wagen geladen und in einen Streb gekippt. Kch kch. Wenn ich nur an euch meine Wut auslassen könnte.
Der Alte stieß seinen rechten Fuß an einen Stein, als gelte es, einen Fußball von einem Tor zum andern zu stoßen. Mit Wehgeheul sank er zusammen, hopste auf einem Fuß auf der Stelle und umkrallte mit beiden Händen die Stiefelspitze. Dann hinkte er wieder zum Rohr, drückte die Ohrmuschel auf das Eisen; nichts regte sich. Da glaubte er schon selbst, der Rettungstrupp habe die Arbeit eingestellt und sei zur Silvesterfeier nach über Tage gefahren.
»Wenn ich rauskomme, ich reiße euch die Fingernägel einzeln aus.« Er stöhnte auf. »Ihr verdammtes Pack! Ihr Drecksäcke, ihr Misthunde, ihr Affengesichter! Der Blitz soll euch beim Scheißen treffen.«
Und als er sich in eine verzehrende Wut geredet hatte und die Fäuste auf die Knie schlug, hörte er im Rohr Laute. Der berühmte Floh saß nun einmal im Ohr, darum spannte er alle Sinne, und nach einer Weile war er gewiß, daß er sich nicht getäuscht hatte: er hatte Stimmen gehört!
Schweiß brach ihm aus, nach wenigen Sekunden war die Stirne feucht, und kleine Bläschen perlten in den Bartstoppeln der Oberlippe.

Er nahm das Ohr von der Leitung, sprach leise, ganz ruhig: »O Herr im Himmel, das gibt es doch nicht, sag mir, daß es das nicht gibt, sag mir, daß es das nicht gibt. Sag mir, es ist nicht wahr! Sag, es ist wahr, wahr, wahr, ganz wahr, nur wahr, ganz wahr, w . . . a . . . h . . . r . . . kch kch.«
Er hustete Blut.
Er sprang auf, hüpfte hin und her, fuchtelte mit den Armen, schrie: »Sag, es ist wahr! Sag, es ist wahr! Verdammt! Es ist wahr. Mein Gott, warum sagst du nichts!«
Der Alte drehte sich im Kreise, lachte, weinte, schrie. Er schlug die Hände an die Schläfen.
»Helft mir, helft mir! Ganz egal: Gott oder Teufel, Stein oder Eisen oder Holz. Keiner redet mit mir, keiner. Ich habe mich nicht getäuscht, es ist wahr, es ist wahr. Sagt mir doch, daß ich richtig gehört habe, daß es die Rettung ist.«
Dann weinte er, trocken und würgend.
»Stacho, was ist los? Warum schreist du denn so? Was ist?«
»Hans, Goldkind, horch! Um Gottes willen, Junge, preß dein Ohr an das Rohr, sag mir, was du hörst. Schnell! Preß das Ohr an das Rohr!«
Johannes horchte lange, die Ungeduld des Alten stieg, und er stand vor dem Jungen, am ganzen Leibe zitternd, mit keuchendem Atem und feuchten Augen. Er redete zu dem Jungen zärtlich, gab ihm die verrücktesten Kosenamen.
»Was ist? Sag schon, schnell! Sprich dich aus! Sag schon!«
Johannes drehte sich um. »Was soll ich hören? Was soll sein? Was soll ich sagen?«
»Na, Stimmen! Menschenskind, Stimmen, Menschenstimmen! Hast du sie gehört? Zwei oder drei reden. Vielleicht beratschlagen sie jetzt, wie sie zu uns reinsteigen müssen. Ganz bestimmt. Du, die Dreckhunde haben Angst.«
»Nichts hab ich gehört.«
»Du hast nichts . . .?«
»Nein. Deine Gedanken haben dir einen Streich gespielt. Du hast dich selber geirrt.«
»Geirrt, so, geirrt. Weil du mit deinen verdreckten Ohren

nichts hörst, soll ich ein Narr sein? Das gefiele dir wohl. He! Ich hab's gehört, und ich bleibe dabei, es waren menschliche Stimmen!«
»Wenn schon Stimmen«, sagte Johannes sarkastisch, »dann bestimmt menschliche. Ich kann mir nicht vorstellen, daß vor dem Bruch Pferde oder Ziegen stehen.«
»Nein. Aber hinter dem Bruch, hier, da sitzt ein Rindvieh, ein riesengroßes mit zwei Beinen, das kann kaum noch kriechen, und sein Gehör hat es auch verloren.«
»Laß mich in Ruhe. Ich will nichts mehr hören, ich will nicht. Auch nichts mehr sehen! Ich will meine Ruhe.«
Stacho drückte sein Ohr wieder an das Eisen, und wieder glaubte er, Stimmen im Rohr zu hören. Er winkte Johannes herbei, auch er solle einmal hinhören. Als Stacho, Zustimmung erwartend, fragte: »Na?«, kam die Antwort: »Was na? Ich habe nichts gehört. Erschlage mich, ich habe nichts gehört.«
Ungläubig stierte der Alte den Jungen an, er wußte jetzt nicht mehr, wie ihm geschehen war.
»Ja verdammt, bin ich übergeschnappt oder du?«
»Hoffentlich ich.«
»Quatsch nicht, hau ab und leg dich flach. Du kannst ja kaum noch kriechen.«
»Ich geh schon.«
»Ohne Licht?«
»Licht? – Warum Licht. Stacho! Wie die Steine wachsen, wie sie wachsen . . .« Dann sank er ohnmächtig zwischen die Schienen.
»Hör endlich auf mit der Litanei, ich kann sie schon auswendig. – Warte, ich geh mit.«
Abermals kniete er vor dem Rohr nieder, wieder heftete er das Ohr an die Leitung, und wie vordem hörte er menschliche Stimmen.
Der Alte hatte gar nicht bemerkt, daß die Arbeitsgeräusche wiedergekehrt waren. Er war fieberhaft dabei, auszurechnen, wieviel Geld ihm die Einschließung brächte. Er achtete

auch nicht auf den Berg, der wieder zu knistern begann. »Achthundert Mark, ein Batzen Geld«, sagte er zu Johannes hinüber, »können auch neunhundert oder tausend werden. Allmählich gewöhnen wir uns an das leichte Geldverdienen.«

Mitten in diesen Galgenhumor hinein brach plötzlich eine Kappschiene, drei Ausbaufelder von ihrer Liegestatt entfernt.

Ihr Gehör war Gefahren gegenüber stumpf geworden, sonst hätte sie das Kommende nicht so überraschen können.

Stacho sagte nur:

»Das war Eisen; bricht wie Glas.«

Minuten verstrichen, ohne daß sich etwas regte. Dann rieselten Steine aus der gebrochenen Firste, zuerst zaghaft, dann aber wie aus Kübeln gegossen.

Stacho richtete sich auf:

»Donnerwetter, was soll das? Wird hier nie Ruhe? Mensch, steh auf! Dir fliegt sonst noch ein Brocken an den Kopf!«

Johannes saß kaum, da war der Spuk vorbei.

»Scheint sich um lokale Unstimmigkeiten zu handeln«, scherzte der Junge. Johannes wollte sich wieder ausstrecken, da tobte es los. Das Hangende wogte, die Firste wankte, und nach wenigen Sekunden war alles Masse. Es polterte und krachte, knirschte und ächzte, wütete von allen Seiten. Steine flossen, Holz zerknickte, Eisen bog sich, und alles vereinigte sich in den Strom der sich rasend ausbreitenden Zerstörung. Vier bis fünf Meter Stein nur, die in Bewegung geraten waren, vom Ort bis zu dem Hügel, unter dem Josef lag. Stacho und Johannes waren aufgesprungen. Aber sie versuchten gar nicht erst zu fliehen. Aus der Firste schoß der Stein, wälzte in die Strecke, warf das Licht um, polterte auf das Rohr, riß es aus seinen Halteketten, und innerhalb weniger Sekunden waren Luftlampe und Kohlengrab unter der vorschiebenden Masse begraben.

Es war ein Wunder, bis jetzt waren sie noch unverletzt geblieben, kein springender Stein hatte die Haut geritzt; und noch begriff Stacho nicht, was sich da anbahnte, denn er beugte sich nieder und faßte nach der Lampe, um den letzten Funken Licht vor der Zerstörung zu bewahren. Johannes riß den Alten hoch und von der Stelle weg, gerade zur rechten Zeit. Ein kopfgroßer Stein rollte an, sprang zur Lampe, zertrümmerte sie.

Nacht. Formloses Nichts. »Jetzt haben wir die Bescherung«, überschrie Stacho das Trommeln.

Die Erde bebte weiter, und sie rannten ausgerechnet zu der Höhlung, aus der sie vor Tagen entwichen waren, um in Sicherheit zu kommen. Ohne Licht, das Getöse als Verfolger im Rücken, rannten sie um ihr nacktes Leben, wie vor Tagen. Sie stürzten nicht allein wegen der vielen Hindernisse, die Schwäche war es, die sie zu Boden zog. Ein Wunder, daß sie in dieser faulen Luft überhaupt noch atmen konnten. Johannes blieb auf halbem Wege liegen. Er hustete Blut, er schmeckte das widerlich Süße auf der Zunge. Der Alte tastete den Gestürzten ab, hob ihn hoch und schleifte ihn ein paar Meter hinter sich her, bis er selbst niederfiel. Auch ihm gingen die letzten Kräfte aus.

»Laß mich liegen Stacho, laß mich liegen. Lauf du nur, lauf. Laß mich hier. Ich bin fertig . . . es ist . . . aus . . .«

»Quatsch jetzt nicht. Auf, los! . . . Kch kch . . . Los, los! . . . Kch kch kch . . . entweder wir beide . . . oder keiner . . . kch kch . . . los, los . . . aufstehn! . . .« Fünf Meter noch waren sie vom alten Bruch entfernt. Mit einer letzten, gewaltigen Anstrengung zerrte der Alte Johannes hoch und schleifte ihn hinter sich her.

Hubalek war sich nicht bewußt, daß er den alten Bruch erreicht hatte, daß sie vorerst gerettet waren. Seinen Füßen versperrten Trümmer den Weg, die Ausläufer der Steinhalde lagen wie spanische Reiter da, und er fiel nieder mit seiner Last, blutend, zerschürft, keuchend, schweißnaß, ohne Gedanken. Hinter ihnen, dort, wo vor einer halben Stunde noch festes Ort gewesen war, polterte der Zorn, spieen die Kohle und der Stein todbringenden Staub, vernichtete das

fließende Gestein, was ihr Leben noch erträglich gemacht hatte: Das Handlicht, die Überröcke, die Kisten, die Luftpumpe, das undichte Ventil, die Kohlenbetten. Alles dahin, nichts hatte standgehalten. Der Bruch – wie sich später erwies – maß in seiner weitesten Ausdehnung zehn Meter, nicht viel, gemessen an der Unendlichkeit des Berges, verderblich aber, verglichen mit den Maulwurfgängen, die von Menschen in die Erde getrieben werden.
Nach etwa einer Stunde verebbte das Tosen. Die beiden merkten das nicht, sie kämpften um Luft, und kaum war ein Hustenanfall vorüber, quälte schon ein neuer ihre Kehlen. Ihre letzten Kräfte hatte diese Flucht aufgebraucht, und über ihnen – die Nacht entzog ihn ihren Blicken – drohte ein riesiger Stein, wie eine Schneewächte vom Hausdach; jeden Moment konnte dieser überhängende Stein herausbrechen, so sehr ächzte er in seiner Verankerung.
Die Arbeit vor dem Bruch war unterbrochen worden. Auch die Kameraden vom Rettungswerk hatten den Taifun vernommen, und was schlimmer war: Sie hatten nichts gesehen, konnten nicht wissen, was auf der anderen Seite vor sich gegangen war.
Dann schlugen sie Signale auf das Rohr, hektisch trommelten mehrere Männer auf das Eisen ein.
Stacho und Johannes lagen noch an derselben Stelle, unfähig auch nur ein Glied zu rühren. Und hätten sie die Kraft und den Willen besessen: Wo lag das Rohr, wo ein Gegenstand, der ihre Antwort hinausgetragen hätte?
Bei der Rettungsmannschaft kam es zu einer Krise, denn man mußte damit rechnen, daß der erneut ausgebrochene Berg die Lebenden erschlagen hatte. Das war der gefährlichste Augenblick dieser fünf Tage. Einem Mann war es zu danken – dem Obersteiger Berg –, daß die Rettungsarbeiten nicht aufgegeben wurden. Der Obersteiger befahl den Leuten, nun erst recht im Trümmerfeld zu wühlen, aber mit noch mehr Vorsicht.
Sie ahnten alle nicht, wie nahe sie den Erschöpften gekom-

men waren, lächerliche zwei Meter trennten sie voneinander, und doch stand der Bruch, wie es schien, fest und unüberwindbar. Die Retter füllten Wagen für Wagen, spreizten ab, verbauten und verzogen, setzten Stempel und legten Schienen auf. Wie ein Rausch war das Wort ihres Vorgesetzten über sie gekommen, daß es nun um Sekunden gehe, wenn die Eingeschlossenen nicht ersticken sollten.

Ein Uhr mittags war es geworden, der einunddreißigste Dezember. Noch zwölf Stunden sollte es währen, zwölf lange Stunden für die, die bewegungslos und ohne Hoffnung zwischen den spitzen Steinen lagen und nur noch schwach atmeten.

Zwölf Stunden noch. Die einen hatten ihre Arbeit, die andern lagen und warteten. Auf was? Vielleicht auf die Wüste im Zenit der Sonne oder auf beseeligende Träume des Vergessens, auf die Rettung, den Tod – oder aber auf Drahtverhaue, aus denen immerzu Menschen traten?

Am Spätnachmittag erholten die beiden sich so weit, daß sie imstande waren, einige Worte zu wechseln. Sie blieben liegen, wo sie im Zustand restloser Erschöpfung niedergesunken waren und auf das Ende gewartet hatten. Die Spitzen der Steine an ihren Rippen fühlten sie nicht und auch nicht die Kälte, die vom Gestein in ihre Körper zog. Sie fühlten nicht den Schmerz der vielen Platz- und Schürfwunden an Beinen, Händen und Armen.

»Aus«, sagte Johannes. Er spuckte Blut, aber er sah es nicht. »Und nichts erreicht . . . nichts . . . kch kch . . .«

Stacho, dieser aktive Mann, der noch seinen Kopf oben hielt, wenn Welten versanken, hatte mit allem abgeschlossen. »Ich habe noch soviel vorgehabt. Ich wollte meinen Taubenschlag misten und den Zaun ausbessern. Die Staketen . . .«

»Und ich wollte . . . ah . . .«

»Aber die Staketen kaufe ich, wenn ich rauskomme . . . so teuer werden die nicht sein . . .« Stacho schwieg ein paar Minuten. »Kann sie doch nirgendwo klauen . . . und keiner

schenkt sie mir . . .«
Dann schliefen sie, eine Stunde, zwei Stunden – was war schon die Zeit – diese Marter und Geißel? Sie brauchten nur das Vergessen.
Nach einer Unendlichkeit war es Stacho, als habe er Stimmen gehört, und er drehte sich auf die andere Seite, weil er glaubte, so könne er besser hören. Aber er vernahm nichts mehr.
»Ach, die Stimmen . . . die Stimmen . . . nein . . . Narretei . . .«
Als das Brummen der Preßlufthämmer sich verstärkte, der Lärm die Steine umbebte, phantasierte der Alte. Er sprach abgerissen, ohne Zusammenhang: »Taubenschlag . . . Wüste . . . Stacheldraht . . . dreh das Ventil zu . . . Stakete muß ich haben . . . noch einen Wagen laden . . . die Scheine, paß auf . . . lauft . . . lauft . . . Stakete . . . Stakete . . .«
In diesem Augenblick fielen sie aus dem Wunder in das Wunder, und sie erfuhren am Steilgrad der Ewigkeit die erschütternde und beglückende menschliche Ohnmacht.

Wenige Minuten nach zwölf war es, das alte Jahr war vergangen, das neue eben geboren. Über Tage taumelte die Welt in neue Hoffnung, Glocken läuteten, Menschen wünschten einander Glück, Knallkörper explodierten, farbige Raketen stiegen gen Himmel. Achthundert Meter unter Tage kroch ein junger Mann im schmutzigen Gedärm der Erde in den Trümmerberg und löste daraus einen Stein mit seinen Händen. Der junge Mann hieß Schlickmann. Schlickmann zog mit aller Kraft diesen Stein aus seiner Verklemmung; der gelöste Brocken rollte langsam zur Sohle, und der Steiger und die fünf Arbeiter, die unterdessen anderweitig beschäftigt waren, starrten erregt in das schwarze, aufgerissene Loch, das eben so groß war, daß ein Mensch ohne sonderliche Mühe hindurchkriechen konnte.
Seit Tagen hatten sie auf diesen Augenblick gewartet, und jetzt, da das Erhoffte greifbare Wirklichkeit geworden war,

überfiel sie eine Lähmung. Sie waren so überrascht, daß keiner den Fuß rührte und hinter die Öffnung leuchtete. Da war es wieder Schlickmann, der mit einem Schrei dem Steiger den Blitzer von der Brust riß und auf die Öffnung zustürzte.

Die Rettungsleute erfaßte eine solche Erregung, daß sie wie aufgescheuchte Hühner durcheinanderliefen. Kaum hatte Schlickmann das Loch erreicht, den Lichtstrahl hinter die steinerne Wand geschickt, rief er: »Da liegen sie! Da liegen sie! Kommt!«

Sie waren vor Freude blind geworden. Sie krochen mit ihren Kopflampen durch die Höhlung auf die andere Seite, sechs schwarze und schwitzende Männer, und umstanden die beiden Hingestreckten, in die schon das Gift des Berges gedrungen war.

Der Steiger robbte, als er die Ohnmächtigen gesehen hatte, über den geschrumpften Steinberg zurück und stürzte ans Telefon.

Erst schleiften sie Johannes über den Stein, betteten ihn behutsam auf nebeneinander geschichtete Schalhölzer. Während zwei Männer nach Trag- und Schleifkörben liefen, holten die Verbliebenen Hubalek aus der Versenkung. Und als die Männer mit ihrer Last schon in Sicherheit waren, löste sich die Wächte aus ihrer unsichtbaren Verankerung, krachte nieder, genau auf jene Stelle, wo die beiden Erretteten gelegen hatten. Dann legten sie Johannes auf einen Schleifkorb, Stacho auf eine Tragbahre und hüllten sie in Decken. Sie umstanden die Bewußtlosen und vergaßen beinahe, daß die beiden einen Arzt nötiger brauchten als ihre Freude.

Der Steiger rief Schlickmann zu: »Erster Klasse.« Die Retter umarmten einander, lachten und weinten vor Glück.

Wahrscheinlich hätte dieser Freudentanz noch lange gedauert, wäre nicht Schlickmann zur Besinnung gekommen: »Kießling! Wo ist Kießling?« Auf seiner Brust baumelte noch der Blitzer des Steigers, er nahm diesen fest in die Hand, rannte zum Bruch zurück, kroch durch das Loch,

über den gewaltigen Stein und lief dann laut rufend in der toten Strecke weiter. Einer der fünf folgte.
Zehn Minuten später kamen sie wieder aus dem Ungewissen hervor, sahen ihre Kameraden an, schüttelten die Köpfe.
Schweigend trugen die Männer Johannes und Stacho dem Stapel zu. Eine halbe Stunde dauerte dieser Marsch durch den engen und oft niedrigen Maulwurfgang, und so beschwerlich ihnen das Tragen und Laufen ankam, sie wußten, ihre Last war Leben.
Kurz bevor sie in den Querschlag einbogen, zweihundert Meter vor dem Stapel, stimmte einer der Träger ein Lied an, einige sangen mit, die anderen summten nur.
Atemlos erreichten sie den Blindschacht, an dem alles bereitgestellt war: Der Korb auf Maß gezogen, der Arzt zugegen und auch der Obersteiger. Als die Retter die Bahren abgesetzt hatten, wischten sie sich den Schweiß mit den Handballen aus Augen und Stirn, und lachten.
Stacho erwachte durch den frischen Wetterzug, der hier belebend über die Gesichter strich. Er schlug die Augen auf und sah in die starken elektrischen Lampen. »Waren also doch Stimmen«, stöhnte er, »sagt dem Johannes ... kch ... meinetwegen könnte er nach Bonn zurückgehen.«
Der Arzt, der Hubalek beobachtet hatte, beugte sich zu ihm und sagte: »Nicht sprechen. Um Gottes willen, nicht sprechen!«
»Und Josef ...« keuchte der Unermüdliche.
Die Männer, die es bereits wußten, sahen Stacho gebannt an, hörten auf seine Worte, als spräche eine Stimme aus der Ewigkeit.
»Schon lange ... Fuß kaputt ... zerquetscht ... ach ... kch ...«
Er fiel in die Bewußtlosigkeit zurück.
Nun beluden sie die beiden Sätze des Korbes mit je einer Bahre, und auf jeden Satz stellten sich einige Männer dazu. Nach dem Signal glitt der Korb zur Sohle, und dort sahen sie die elektrischen Maschinen, die zwei Verletzten- und drei

Mannschaftswagen angekoppelt hatten, fahrbereit auf dem Leergeleise. Hier standen wieder Männer, und die Freude der Hinzugekommenen war groß – sie waren stumm. Man hob die Bahren in die Wagen und verkettete sie. Rettungstrupp und Begleitpersonal fuhren mit. Der Maschinist steuerte sachte und bedächtig dem Schacht zu, behutsam über jede Weiche, aufmerksam über jede Unebenheit des Schienenstranges. Drei Kilometer waren es zum Schacht, aber trotz der gebotenen Eile beschleunigte der Fahrer das Anfangstempo nicht, denn er wußte, die geringste Erschütterung konnte die schlimmsten Auswirkungen haben. Nach der ersten westlichen Abteilung, dreihundert Meter vor dem Ziel, hielt der Fahrer. Der Arzt sah in Stachos geöffnete Augen.

»Nicht sprechen! Du darfst nicht sprechen. Hörst du, sei vernünftig.«

»Ihr müßt ... ihn ... ho ... len ... so ... fort.«

»Willst du jetzt noch abkratzen? Halte deine Klappe, dein verdammter Josef kommt schon raus.«

»Da ... s ... ist ... g ... u ... u ...«

Am Schacht stand wiederum der Korb auf Maß – der Zechenbetrieb ist ein präzise laufendes Uhrwerk –, und die Männer taten, was sie schon am Blindschacht getan hatten. Auch die Fahrt zu Tage war langsam, so verhalten, daß es einem der Männer einfiel, endlich die gebotene Gelegenheit zu nutzen, die Einstriche des Schachtes zu zählen. Behutsam zog der Maschinist über Tage den Korb empor.

Auf der Rasenhängebank stoppte der Korb, das Sanitätsauto war bis vor die Eisentore gefahren, und die Männer, die aus der Tiefe kamen, blickten in eine sternenklare Nacht. Von der Kreisstadt knallten die Neujahrsfreuden zu ihnen herüber, Raketen durchzogen noch immer den Himmel, vom nahen Dorf erreichte sie Gejauchze, irgendwo grölten Betrunkene das neue Jahr an. Eine dichte Menschenmenge umdrängte das Auto, Nüchterne und Betrunkene, Frauen, Männer und auch Kinder; bewegungslos und erschüttert

blickten sie zu den Bahren, die, vorsichtig vom Korb gehoben, sofort in das Auto geschoben wurden. Da entblößten die Männer stumm ihre Häupter, die Frauen weinten still in ihre Tücher, und die Kinder standen ratlos, denn sie wußten noch nichts von der Seligkeit wiedergeschenkten Lebens. Aus der Menge redete eine verschleierte Männerstimme und sagte all denen, die es noch nicht ausgerechnet hatten: »Hunderteinundzwanzig Stunden: fünf Tage, fünf Nächte, hunderteinundzwanzig Stunden.«
»Das ist ein Grund zum Saufen. Habe heute noch nichts gehabt, wollte nur mal sehn, was los ist, ob sie's schaffen«, sagte einer.
»Die Nacht ist noch lang. Komm, wir gehen zur ›Linde‹, da ist Remidemmi, Grete Wigger hat gewettet, auf'm Tisch einen Twist zu tanzen«, sagte ein anderer.
»Ob die durchkommen?« fragte der erste wieder.
»Komm schon, das liest du morgen in der Zeitung. Die Grete will ich sehn, ist Klasse, besonders wenn sie einen in der Krone hat.«

Die Hintertüren des Wagens wurden geschlossen, der Fahrer wollte eben ins Führerhaus steigen, da kam ein Mädchen gelaufen und schrie:
»Laßt mich ihn sehn. Ich muß ihn sehn.«
Das Mädchen war in einen Morgenrock gehüllt, die nackten Füße steckten in Pantoffeln. Aber unerbittlich barmherzige Hände hielten es vom Auto zurück.
Zur selben Zeit stand die Mutter des Gerufenen abseits vom Gedränge auf einem Holzstapel und sah über die Köpfe der Menge hinweg auf das, was am Schacht vor sich ging. Für sie läuteten die Neujahrsglocken in dieser Nacht ein zweites Mal.

ERKLÄRUNG BERGMÄNNISCHER FACHAUSDRÜCKE

Abteilung: Die Grube wird aufsichtsmäßig in Abteilungen aufgeteilt, die Abteilung wiederum in Reviere

Akku: Mit Batterie (Akkumulator) betriebene Grubenlokomotive

Abschlag: Das bei Herstellung von Grubenräumen durch Sprengarbeit gelöste Mineral (Stein/Kohle)

Anschläger: Bedienungspersonal der Signalanlage an Haupt- oder Blindschächten

Ausbau: Stützelemente in Grubenräumen

Ausbaufeld: Das zwischen zwei Ausbauten liegende Feld (0,60–1,00 m)

Arschleder: Ein am Gesäß befestigter Lederschutz, der in Flözen von geringer Höhe getragen wird

ausstollen: Ausheben (lösen) von Kohle oder Gestein in Grubenräumen, deren Querschnitt sich durch Gebirgsdruck verringert hat

Ausstollgestein: Das durch Ausheben (lösen) angefallene Mineral (Kohle, Gestein)

Betriebspunkt: Bestimmter Arbeitsplatz innerhalb der Grube

Blindschacht: Ein Schacht, der übereinander liegende Abbaubetriebe verbindet, jedoch nicht bis zur Erdoberfläche reicht

brummen: Mit dem Preßlufthammer arbeiten

Bühnenloch: Eine Handbreit in den Stein gebrochene Vertiefung, um ein Abgleiten des Stempels bei aufkommendem Gebirgsdruck zu vermeiden

Drittel: Zeiteinheit. Morgenschicht = 1. Drittel, Mittagschicht = 2. Drittel, Nachtschicht = 3. Drittel

einstäuben: Grubenausbau mit Kalksteinstaub bewerfen

Firste: Dach, Decke einer Strecke. Das über einem Grubenraum stehende Gestein

Flansch: Rohrverschraubung

Flöz: Kohleschicht

Gedinge: Lohnberechnung nach Leistung

Geitling: Name eines Flözes

Gezähe: Werkzeug

Gezähkiste: Holz- oder Stahlblechkisten, in die das Gezähe eingeschlossen wird

Hangendes: Das über einer Kohlenlagerstätte liegende Gebirge

Hauer: Bergmann mit abgeschlossener Lehre

Hängebank: Übergang zwischen der senkrechten Förderung (Schacht) und der horizontalen über Tage

Kappe: Ausbauelement, das in Verbindung mit zwei Stempeln das über einer Strecke liegende Gebirge trägt

Kappschiene: Kappe aus Stahl

Kappschuh: Flacheisen zwischen Stempel und Kappe

Knüppel: Rundholz von 5–7 cm Durchmesser und 0,80–1,50 m Länge

Knüppelverzug: Mit Knüppeln abgesicherter Grubenraum

Kaue: Umkleide- und Baderäume über Tage

Lampenstube: Raum über Tage, in dem das Geleucht des Bergmannes aufbewahrt und gepflegt wird

Liegendes: Das unter einer Kohlenlagerstätte liegende Gestein

Luftlampe: Eine elektrische Speziallampe, deren Energiequelle ein mit Druckluft betriebener Dynamo ist

Luttenführung: Rohre aus Blech, Sperrholz oder Plastikmaterial, durch die mit einem Ventilator Frischluft in weit entfernt liegende

	Grubenräume geblasen wird
Mausegatt:	Name eines Flözes
Mächtigkeit:	Stärke (Höhe) eines Flözes. Wird in »Fuß« gemessen. 1 Fuß = 30,13 cm
Ort, Örter:	Ende einer Strecke (Stollen)
pfetten (pfänden):	Sicherung der Firste
Rasenhängebank:	Austritt des Schachtes an der Erdoberfläche
Revier:	Aufsichtsbereich innerhalb der Grube
Richtstrecke:	Hauptstrecke, die direkt zum Schacht führt
Satz:	In den Förderkorb eingebaute übereinanderliegende Sätze (Etagen)
Schießdraht:	Ein mit einem Plastikmaterial isolierter Draht, der zur Zündung von Schießarbeiten dient
Sohle:	Ein waagrecht angelegter Grubenraum, d. h. eine Strecke, die der Erschließung der Kohlenlagerstätte dient
söhlig:	Waagrecht, eben
Stapel:	Siehe Blindschacht
Steiger:	Verantwortlicher Aufsichtsbeamter unter Tage
Stempel:	Eine Stütze aus Holz, Stahl oder Leichtmetall, die der Sicherung von Grubenräumen dient
Stoß:	Das stehende Gestein links und rechts einer Strecke
Streb:	Ein in Abbau befindlicher Flözabschnitt
stunden:	Arbeitseinstellung an einem Betriebspunkt für unbefristete Zeit
Teckel:	Vierräderiges Fördermittel unter Tage zum Transportieren von Holz und Eisen
Teufe:	Tiefe

Wechsel:	Weiche in einer Schienenanlage unter Tage
Wetter:	Atembare Luft unter Tage
Wetterzug:	Luftzug, Luftbewegung

Im Oktober 1960 hatte ich das Manuskript abgeschlossen und nannte den Roman »Männer in zweifacher Nacht«. Ich war in meiner Naivität überzeugt davon, jeder Verlag in der Bundesrepublik würde sich die Finger schlecken, den Roman zu veröffentlichen.

Ich schrieb nach und nach acht Verlage an und bot mein Manuskript an. Keiner wollte es haben, es wiederholte sich immer wieder dasselbe: Nach wenigen Wochen bekam ich das Manuskript mit einem Begleitbrief zurück, und da war zu lesen, daß entweder das Manuskript interessant sei aber nicht in das Verlagsprogramm passe oder aber die Geschichte, die ich erzähle, sei mitteilenswert, wäre aber nicht das, was man unter Literatur verstehe.

Natürlich zweifelte ich an mir selbst, denn acht Verlage können sich nicht irren, vielleicht hatte ich mich geirrt. Noch in demselben Jahr lernte ich Fritz Hüser kennen, er war Direktor der Städtischen Volksbüchereien in Dortmund, ein Kenner der Literatur, wie ich keinen wieder getroffen habe. Auf seine Initiative hin wurde dann auch die Dortmunder Gruppe 61 gegründet, eine Vereinigung von Autoren, die sich literarisch mit der Arbeitswelt auseinandersetzte. Durch Fritz Hüser lernte ich später den Publizisten Friedhelm Baukloh kennen, der damals noch als Außenlektor des heutigen Bitter-Verlages in Recklinghausen tätig war. Er war der erste, mit dem ich dann kritisch mein Manuskript durcharbeitete. Baukloh war es, der mir beibrachte, wie man selbstkritisch an seine eigenen Texte heranzugehen hat.

Diese beiden Männer, ein Bibliothekar und ein Publizist, beide mittlerweile verstorben, haben entscheidend meinen Weg zum Schriftsteller mitgeprägt, beiden verdanke ich viel, durch sie habe ich gelernt, was Schreiben über die Kreativität hinaus ist: Geduld und Disziplin.

»Männer in zweifacher Nacht« ist bis heute mein liebster Roman geblieben, auch wenn ich ihn nicht mehr so schreiben würde; aber dann wäre es eben nicht mehr dieser

Roman. Er wurde geschrieben aus dem unmittelbaren Erleben, dem Leben unter Tage als Kohlenhauer auf einer Zeche im Ruhrgebiet. Weil ich meine Ohnmacht spürte, konnte ich mich nicht anders zur Wehr setzen, als das aufzuschreiben, was mich und meine Arbeitskollegen bedrückte.
Ich freue mich deshalb, daß dieser Roman, Beginn meiner schriftstellerischen Laufbahn, sechzehn Jahre nach der Erstveröffentlichung (1962) wieder aufgelegt und der Öffentlichkeit zugänglich gemacht wird.

Oktober 1979
Max von der Grün